KEITH ME

Romancière, dramaturge et scénariste, Amanda Sthers est née à Paris en 1978. En 2006, sa pièce de théâtre, *Le Vieux Juif blonde*, lui vaut un succès et une reconnaissance exceptionnels. Auteur de plusieurs romans, elle a réalisé en 2009 un long métrage intitulé *Je vais te manquer.*

W0210597

Paru dans Le Livre de Poche :

MADELEINE

AMANDA STHERS

Keith me

ROMAN

STOCK

Les vers reproduits en page 128 sont extraits de la chanson *1234*,
paroles et musique de Leslie Feist.
© 2007, BMG Music Publishing LTD.
Avec l'aimable autorisation de UNIVERSAL MUSIC
PUBLISHING, MGB France.

© Éditions Stock, 2008.
ISBN : 978-2-253-12787-1 – 1re publication LGF

À Patrick, le papa de mes enfants
qui reste pour toujours dans ma vie.

Je dois ce livre à un homme
qui ne se reconnaîtra pas...
Dans ma vie de Keith Richards,
tout est vrai mais rien n'est exact.

Keith. Keith. Keith Richards. Oui, je suis ce visage étouffé de rides, criblé des chemins qu'il n'a pas choisis, des vies qu'il a prises dans le ventre. Oui, je suis cet homme comme je suis les femmes qu'il a aimées. Oui, je sens son chagrin et j'aime son sourire. Mille fois Mick m'a serrée dans ses bras. Mais c'est Keith que je regardais par-dessus son épaule. Keith penché sur sa guitare. Les Rolling Stones à fond dans ma voiture, la main d'un garçon qui remonte sur ma cuisse. Les Stones dans le salon, je cours derrière mon frère et ma sœur. Le disque saute un peu. Papa chante par-dessus. Les Stones sur la guitare de mon frère. Le poster des Stones dans ma chambre. La langue rose que je tire devant le miroir. *Angie* qui couvre mon chagrin. Pourquoi on se penche sur un être ? Pourquoi on tombe amoureux ? Comme ça... Pour toutes les raisons du monde, à cause de nos putains de cerveaux malades. Mais on tombe. On se relève parfois, les genoux écorchés. Keith ne m'a jamais fait mal. On a eu du chagrin tous les deux. Il m'a fait faire des choses que je n'aurais pas osées seule. J'ai peur d'abîmer mon corps, je verse la drogue dans les veines de Keith et j'en prends les effets. Sur le visage, j'ai celui de Keith Richards. Je ne suis pas amoureuse de Keith. Je suis Keith, comme on se regarde parfois de si près dans le miroir qu'on ne se reconnaît pas.

La nuit va mourir. On est restés. On est trois à table. On s'ennuie. On se moque des corps qui dansent à contretemps. Et mon sourire sourit faux. On enchaîne les vodkas. Je devais être à Paris deux jours. Mes enfants sont dans le Sud. Je les laisse si peu qu'une soirée sans eux semble volée à ma jeunesse. J'ai l'impression d'avoir dix-sept ans, que mes parents partis en week-end m'ont laissé la maison. J'ai oublié mon alliance. Je me demande s'il la porte quand il baise d'autres femmes, loin de moi. Loin depuis combien de temps ? Loin de quoi ?

C'est comme si la musique s'arrêtait. Comme si on s'était tous retournés en même temps. Keith entre et le monde autour tourne enfin. Les filles fatiguées deviennent sexy. Le champagne coule à nouveau. « C'est Keith Richards » comme un souffle, la phrase se répète de table en table, « c'est Keith Richards ». C'est moi.

Il a un visage long dessiné au couteau. Une mâchoire qu'on devine sous la peau tannée. Il a des yeux qui donnent chaud puis qui s'absentent. On peut s'y noyer mais pas le saisir. On peut l'aimer, si on n'attend pas que ce qu'on donne nous soit rendu. Il a un corps sec, nerveux, fait pour les étreintes brutales. On a envie qu'il relève notre jambe bien haut. On a envie de lui. Envie qu'il nous colle au mur. Il est vieux pourtant. Son visage est un parchemin de l'histoire du rock. De près, il me semble que je pourrais lire sa peau, comme des hiéroglyphes que je serais la seule à comprendre. J'ai envie d'être près de lui. Comme on veut retourner au ventre de sa mère. À trente ans, on lui a dit qu'il allait mourir tant il avait pris de drogue. Alors il en a pris un peu plus, il a eu trente ans à nouveau qui se sont additionnés à sa vie.

Je ne les ai pas encore. Je le ramène par la main, comme un enfant malade. Il ne me demande rien. Il a un chapeau noir, son éternel foulard autour du cou. Keith vient à la maison. On y va à pied. Ce soir-là c'est juste à côté. C'est comme ça. On entre dans le salon. Je lui enlève son manteau et il me caresse la tête. Je lui donne un bain. Il a les pieds usés. Du vernis sur les doigts de la main. Certains ongles plus longs, comme tous les guitaristes, mais on dirait des mains de femme, vissées à son corps sombre. Je fais mousser l'éponge sur son dos. Il se laisse faire comme à la maison de retraite, comme s'il avait l'habitude de mes gestes. J'ajoute de l'eau chaude. Je rince son dos voûté. Je passe ma main dans sa tignasse de cheveux gris. Il a un regard reconnaissant. Puis je l'enroule dans une serviette blanche. Je l'allonge sur le lit de Gaspard mais il ne veut pas. Il ne veut pas dormir. Il veut que je lui raconte notre vie. Du début. Commence au début. Allez. Demain, y a pas école. C'est que je ne me souviens ni du début ni de l'ordre des choses. Je sais juste qu'on en est là, je me souviens de moments.

Raconte. Toi tu te souviens de papa, d'Augustus et du sexe de Mick. Tu t'en souviens, dis, Andréa ?

La pluie a cessé. Des poussettes et des bambins à la traîne derrière leurs mamans font des taches de couleur dans le parc municipal de Dartford. J'ai un duffle-coat brun vieux et moche, élimé aux coudes. Je regarde en l'air. Je ne marche pas droit et papa s'agace sans doute. Oui, je devais regarder le ciel comme toujours. Je n'aimais pas mes chaussures bordeaux, le même modèle qu'on rachetait d'année en année, malgré les efforts de mes pieds pour pousser, pour s'enfuir. Dans mes yeux, le ciel du Kent, un couvercle gris que j'aime encore, qui m'a manqué souvent. C'est un jour de printemps ou d'automne. Peu importe, nous sommes en Angleterre à la fin des années quarante, les visages ont encore des têtes de soldats. Je me souviens que, à ce moment précis, je crois au bon Dieu. Je crois qu'on est cinq minutes avant que je cesse d'y croire. Cinq minutes avant d'accepter qu'il n'y a pas de main au-dessus du couvercle.

Il y a cette odeur particulière de sable du bac qui sèche, de la transpiration acide et sirupeuse des gosses qui courent, sans cesse, tout le temps, partout. Je suis l'un d'eux. J'en poursuis un, puis un autre. Mon père s'allume des cigarettes. Il ne regarde rien. Moi, parfois, quand je passe devant lui. Il est contremaître dans une usine d'ampoules. Pas vraiment comme dans les dessins animés. Il n'a jamais eu d'idées. Même pas celle de m'aimer. La petite Jo refait ses lacets la langue tirée pour plus de concentration. Mick, mon copain de maternelle, ne court pas. Les gens viennent lui parler. Les petites filles le regardent, les garçons lui prêtent leurs jouets, les mamans ne savent pas si elles l'aiment. Il y a des grands qui chahutent, qui prennent le toboggan debout en sens inverse. Il y a Teddy. Mon meilleur ami, pourtant je ne me souviens pas de ses traits, juste qu'il était gros. Gros et gentil. Des pulls trop courts. Son père en miniature, modèle ballon à bière, prêt à ne jamais s'envoler de cette ville. Il y a Lila, les yeux bleus de Lila. Les lèvres bleues de Lila, dix ans après, morte d'avoir emprunté la mauvaise rue au mauvais moment avec de tels yeux. Il y a Gary. Gary me fait peur, il sourit tout le temps et puis il tape les gens. Et souvent, il fait les deux à la fois.

Il y a moi, Keith. J'ai cinq ans et demi. J'ai les cheveux trop longs. Je me frotte le nez, je devais être enrhumé. J'ai l'impression que mon enfance était un putain de rhume. J'ai les tempes qui battent et les joues rouges, j'ai trop couru. Mes cheveux collent.

Ils sont cinq, ils ont dix ans, douze peut-être, ils sont grands. Je les vois s'avancer en meute vers le toboggan, puis je regarde ailleurs. Jo a un gâteau, j'en voudrais bien un bout. Quelque chose en moi sait déjà tout ce que je suis, ce que je vais devenir. Quelque chose en moi regarde ma vie évoluer. Quelque chose en moi a déjà visualisé la ligne d'arrivée mais pas encore le chemin à emprunter pour l'atteindre. Je suis un petit garçon qui court mais qui s'ennuie. Il y a des flaques partout. Je me dis qu'un gros dragon a pleuré et je combats des chevaliers imaginaires avec mon épée invisible pour le sauver. C'est un gentil dragon incompris dont je suis le seul à connaître le langage. Je parle aussi aux oiseaux parfois. Mais tout bas, je ne veux pas être pris pour un fou. Je saute au-dessus des flaques. Parfois dedans et mes pieds mouillés me donnent le sentiment d'exister.

Je ne me souviens que du coup sur la nuque. Je ne sais pas comment ils en sont arrivés là. Je ne sais même pas s'ils se sont fatigués à trouver un prétexte. Ils ont juste tapé. Ma tête plonge dans le sable pisseux du bac. Je la relève un instant, j'ai le temps de voir un gosse et sa pelle. Puis le nez dedans. J'entends leurs rires. Fort. Partout. Ils rient comme on crie quand on découvre la violence. Ils rient parce qu'ils aiment ça. Ils rient pour se donner le droit de me frapper encore et encore. Des coups et des rires d'enfants. Des rires. Je m'en souviens plus que de la douleur. Des rires. J'en fais de la musique. Souvent sur scène, quand je serai grand, je jouerai contre ce rire. Ma guitare tentera de le transformer, d'en exprimer la violence et le chagrin.

Et sur les rires d'enfants, leurs cris et leurs crachats, j'entends celui de mon père. Un rire rauque et lent.

« Allez, bats-toi comme un homme, Keith. Bats-toi ! » Et il rit de plus belle. Il m'attrape au collet et soulève mon visage, j'ai du sable dans le nez. J'ouvre la bouche pour respirer. Je le hais. Je n'aimerai plus jamais mon père. Les gosses s'éloignent et il les laisse partir. Les gens rient autour de mon visage plein de sable, de ma bouche ouverte et de mon chagrin. Je dois encore me relever. Parvenir à sortir ce sable de mon nez. Ils rient. Je dois m'en aller du parc, qu'on me regarde de dos. Écouter les rires, en faire de la musique, oui, les transformer en musique. Ça prend du temps de se relever quand on a cinq ans et demi et qu'on est humilié. Quand son père rit de nous avec ceux qui nous ont frappé. Ça prend un temps fou. Je ne les entends plus, juste de ma musique sur leurs visages déformés. Je me souviens bien d'eux. Tous. Mick ne rit pas, il m'aide avec ses yeux.

Alors je me redresse. Je suis vieux. J'ai un pas lent. Je ne cours plus pour vivre. J'ai freiné. J'ai peur. Je me retourne souvent. Ça y est, j'ai une ride en moi. Pourquoi tu ne me prends pas dans tes bras, dis, papa ? Pourquoi ton rire sonne juste avec les leurs ?

Et pourquoi c'est joli cette musique dans ma

tête alors que ça fait si mal ? Pourquoi c'est du blues ? Pourquoi ça m'élève ?

Ça sent le tabac froid et les clopes fumantes par-dessus et les impers qui sèchent et la transpiration. Il y a beaucoup de mecs. À l'étroit. Des pompes en cuir pointues. C'est à la mode. Du jazz. Du bon. Du moins bon. Les groupes se succèdent sur la scène du Ealing Club. Banlieue de Londres. J'ai croisé Mick sur le quai de la gare de Dartford ce matin. On ne s'était pas parlé depuis des siècles. Il avait des disques de Muddy Waters sous le bras. Il m'a dit qu'il chantait dans Little Boy Blue and the Blue Boys, un groupe, tout neuf, comme mon regard sur la vie. À cet âge-là, j'y crois. Je crois en la vérité, je crois que tout ce qu'on fait résonne, qu'il ne faut dire que ce qu'on pense. Je suis un pur, j'aime la musique plus que le bruit de ma respiration. Il y a ma gueule, ma jambe qui bat la mesure. Il y a Mick Jagger sur scène qui veut qu'on joue ensemble.

« Comment tu sais que je suis bon ?

– C'est juste une question d'attitude, mec. Une question d'attitude. »

Je prends ma guitare. Il a raison. Je suis bon parce que je sonne différent. J'ai une gueule musicale à moi, une façon de m'approprier le tempo. Et sa voix sur ma guitare c'est comme des lèvres amoureuses, ça marche, chacune respecte le rythme de l'autre et l'impose tout à la fois. Sa voix, ma guitare, c'est le début des Stones. On ne le sait pas encore mais on sent comme une énergie, une certitude qui nous remue les tripes.

Octobre. C'est octobre.

J'ai passé l'été entre quatre murs à jouer de la gratte et à rêver à d'autres instruments qui pourraient me répondre. Voilà que cette voix dépasse ce que je crée. Le Ealing Club est un sous-sol, peut-être même en dessous du métro. Il y a deux centimètres de flotte et deux de sueur par terre et des fils électriques. On risque de crever. On joue comme des rats qui creusent pour survivre. On essaie.

On se découvre des potes communs, comme Dick Taylor. Sa mère s'est barrée en vacances pour quinze jours. On squatte sa maison. Bob, un autre ami, a un ampli et puis il y a un magnétophone Grundig et on peut jouer et puis s'écouter après, quitte à se trouver bons. Et les copains s'additionnent. Les musiques se font écho, comme des ondes. Les évidences sautent à la gueule, certains d'entre nous doivent jouer ensemble.

C'est là que je formule en moi que ça pourrait être ma vie. Avant c'était ma survie, et je ne voulais pas m'imaginer une existence de merde parce que je ne voyais pas comment y échapper. Là, quelque chose se passe en moi. Et si c'était possible ?

Hiver 1963. 102, Edith Grove, London.

Je ne sais pas ce qui importe. La façon dont on a vécu les choses, la façon dont on s'en souvient ou justement ce qu'on a oublié.

C'était un triangle. Celui du diable. Celui de l'équilibre parfois, celui des Bermudes souvent et celui du talent. Brian Jones. Keith Richards. Mick Jagger. Ces noms qui feront rêver les foules, ce sont les nôtres. C'est tout ce qu'on a. On n'a pas d'argent. On vit dans un appart crasseux. Deux pièces. Cuisine sans rien à bouffer. Chiottes sur le palier. C'est l'ouest de Londres. Je marche l'après-midi jusqu'à King's Road où je vais sourire à des filles qui ne me sourient pas. Quand j'ai un peu de fric, je le dépense. J'achète à manger, je dévore dans la rue. Je fume un max de clopes avant de remonter avec le paquet. Brian me pique tout, Brian nous fait les poches la nuit. Et c'est la nuit tout le temps. Le ciel est bas, il nous écrase de tout son gris et nous pisse dessus cette pluie fine qui nargue, qui n'en finit pas. Et qui gèle presque sur ma peau rougie. C'est glacial cet appartement, on a un système de chauffage électrique payant dans lequel il faut glisser des pièces. Il est froid, sans cesse. On dort côte à côte sur des matelas jetés au sol. L'hiver est une sorte de machine à nous broyer. On a les âmes à l'étroit. On se colle les uns aux autres pour tenir le coup et guitares serrées, on invente le son des Stones. Des notes liées qui se tiennent chaud.

J'ai fait l'amour avec Mick Jagger. Sous une couverture sale, un soir où on avait froid. L'un de nous deux avait déjà vingt ans ou les paraissait. Mick fait l'amour avec les gens qui sont là. Il veut savoir s'il trouble. L'acte lui importe peu. C'est son image dans les yeux de l'heureuse victime qui compte. Et ce que son reflet ne renvoie pas de lui, comme ce qu'on oublie justement. Ce qu'on laisse derrière pour survivre. Brian dormait, défoncé. On gelait. On venait de se coucher près de lui. Mick avait un pantalon serré qu'il n'a pas fait descendre jusqu'en bas. Torse nu. J'ai cherché son nombril, je me souviens. On le voyait à peine. Comme s'il était neuf. Qu'il n'était sorti de personne. Le premier homme. Sa bouche a aspiré la mienne. Son torse imberbe s'est collé au mien et il a soulevé mon bassin comme celui d'une femme. On était collés l'un à l'autre, comme un seul homme. C'était excitant de sentir ses côtes et, plus bas, son sexe dur. Il l'a glissé en moi et je me suis laissé faire. C'est le cri que j'ai poussé qui a réveillé Brian.

Mick entrait et sortait mais ce n'était plus moi qu'il regardait dans les yeux. C'était Brian. Il lui souriait. Puis il s'est mis à rire. À rigoler comme un adolescent gêné. Et puis son rire m'est devenu insupportable. Son rire m'a sali plus que son sperme qui a coulé en même temps que je repoussais son corps violemment. Son rire j'en ai fait une chanson. On s'est tus. Je lui ai allumé une clope et je me suis essuyé le cul avec la main. Toujours aussi froid dans cet appart minable.

J'ai mis mon caleçon. Une nana à qui on avait dit de passer est arrivée. J'ai pris ma guitare et j'ai joué. On l'a fait s'asseoir dans un coin. On lui a filé un verre d'eau. Ça sentait le sexe. Elle devait avoir l'impression d'être tombée dans un bordel et ça avait l'air de la mettre mal à l'aise. C'était une jeune étudiante. Je me souviens d'elle. Blonde avec une frange et des yeux graves. Elle tirait sur sa jupe. Mick ne la regardait pas. Il chantait. On se dévisageait mais rien n'avait changé entre nous. Sa voix sur ma guitare c'était mieux que sa bite dans mon cul. C'était les Stones déjà. On crevait la dalle mais le génie était là. Il fallait que notre musique traverse ces murs glacés. Il fallait qu'elle aille se loger entre les cuisses de cette jeune fille gênée.

Cette musique qu'on a inventée. Indansable mais qui donne une envie de bouger, une musique de Blancs qui baisent comme des Blacks et sans tabous. Une musique de jouisseurs. Maintenant, tout de suite. Une musique d'animaux. Les grands rockeurs sont infidèles. Comment peut-on avoir des principes moraux et accepter de laisser entrer toutes les sensations pures, sans les retraiter par l'esprit, juste l'instinct qui ressort en notes ? Il ne faut pas être trop intelligent pour être un grand rockeur, pas de ces intelligences analytiques. Il faut accepter de laisser parler une part de soi étrange, effrayante et indispensable : l'animalité. Ç'avait marché sur la fille coincée. Je jouais un solo jouissif qu'elle accompagnait de cris assortis tandis que Mick prenait soin de lui sur elle. Brian a déjà quelques enfants illégitimes avec des femmes mariées et il en est très fier. Il conseille à Mick de se retirer en gueulant de la piaule.

« Crache pas dedans, Mick ! » À quoi ça tient la vie ? Mon père a été rapatrié, bien amoché. Il était l'un des rares hommes du quartier à être là et mes parents ont niqué pendant la guerre.

« Comme il est mignon... » Les bombes sifflent autour du Livingstone Hospital. Ma mère aurait voulu me garder plus longtemps au chaud dans son ventre. Elle me serre bien contre elle. L'hôpital a déjà reçu une bombe sur l'aile droite, celle des grands blessés qui ont été transférés au sous-sol, à la morgue... On a mis un ours en peluche cradingue dans mon berceau. On met ce qu'on trouve quand ça meurt autour.

Augustus Theodore Dupree a un nom superclasse, il est musicien de jazz. Il a une chemise avec une cravate de cow-boy intégrée qu'il met pour les grands jours. Anniversaires, mariages, noëls, baptêmes, nouvel an et il dit que s'il était invité à une circoncision, il la mettrait aussi. Je l'appelle Gus parce que j'ai le droit d'être intime avec lui, c'est mon papi.

Gus reste des heures devant la fenêtre depuis que papa est parti. Maman lui a dit que ce serait bien une présence masculine à la maison. Il est là. Il parle peu. Je le regarde de dos. Je pense qu'il ne le sait pas. Je le regarde des heures regarder les heures qui passent dans une rue morte.

Puis un jour, il me parle. Il ne se retourne pas. Il sait que je suis là.

« Approche, approche. »

Il y a de la pluie dehors. Une pluie fine et

lourde. Gus m'assied sur ses genoux. Je suis déjà assez grand et mon papi est frêle, c'est un peu ridicule.

« Ferme les yeux. Tu entends la pluie ?

– Oui, papi Gus.

– Tu entends la pluie, Keith, mais est-ce que tu entends sa musique ? Écoute. Aide la pluie à trouver son chemin. Tac, ti, tit ti, tac... Oh oui, oui, tac. Tu sens comme elle te donne un rythme et qu'une mélodie vient effleurer ce rythme pour le rendre évident ? Tu sens ça, Keith. J'ai lu en toi que tu sentais ça, comme moi. C'est ça le jazz, Keith. C'est entendre les choses comme elles sont. Avec le désordre qu'elles trimballent et la logique de la vie qui continue. Chante pour moi, chante la pluie pour papi. »

Je me lance avec ma petite voix. Ça me faisait du bien. Comme si juste avec un air fredonné, je lui disais mon chagrin et mes espoirs.

Ces heures sur les genoux de mon papi sont les plus belles de ma vie. C'est là que j'ai compris la musique. Moi je n'y comprends toujours rien, Keith, pourtant la tienne me traverse et existe dans mon corps de femme comme celui d'un autre.

Oui, il pleut sur tout le monde. Même pour ceux qui n'entendent rien à la pluie.

La syncope, le rythme qui s'emballe parfois, puis la rigueur qui revient comme si elle était inscrite dans la nature même. Des rafales de vent qui font des riffs de pluie.

Ce jour-là, j'invente ce qui sera ma marque de fabrique, l'utilisation du quatrième temps comme point d'appui, comme pivot. Parce que j'entends la quatrième goutte, plus forte, plus pure. La quatrième goutte me transforme en guitariste de légende. J'ai dix ans.

Je n'aime pas papa mais je veux pas qu'ils se séparent. Pourquoi ils divorcent ? Le père de Teddy bat sa mère, elle s'en va pas pour autant. Plus s'aimer c'est pas une raison pour divorcer. À mon époque, ça s'explique pas. Le père s'en va. C'est tout. On me demande même pas si j'ai remarqué qu'il était parti. Mais je m'en suis rendu compte parce que je ne l'aime pas.

Plus tard, on m'envoie au Sidcup Art College. Je n'existerai plus au sein d'une maison, quand je reviendrai, ce sera pour entendre tout ce que je ne serai jamais.

Moi j'ai tout bien expliqué à mes enfants, comme dans les livres. Je reconnaissais à peine ma voix. Je crois que j'ai changé de voix à ce moment-là d'ailleurs. J'ai laissé des aigus dans les toilettes de l'appartement dans lequel je vivais et qui abrite désormais une autre femme. Une jeune femme. J'ai tout dit. « On n'arrête pas d'aimer ses enfants. C'est un autre genre d'amour. Pas un amour amoureux. Un amour éternel. Rien ne va changer sauf que vous ne verrez plus votre papa et votre maman ensemble et que vous passerez la moitié des vacances avec l'un et l'autre moitié avec l'autre », et tout ça.

Alors que j'aurais dû leur dire notre échec lamentable. Maman fait plus bander papa, les enfants, et tout part de là, vous savez ? Tout. Maman a cru que c'était utile d'être admirée et un peu plus intelligente que les autres filles aux yeux bleus. Nada. Il fallait leur dire ça pour qu'ils gagnent du temps. Que les princes tôt ou tard se barrent sur leurs chevaux blancs dans des contrées lointaines. Que les promesses sont tachées dès qu'elles sont formulées. Si on promet, c'est qu'on choisit. Et finalement on veut toujours le parfum dans le cornet du copain. Tu es sûr ? Bien sûr ? C'est moi que tu aimes ? Mais oui. Pourquoi tu poses cette question ? Parce qu'il y a pas mal d'options dans le reste de l'humanité. C'est toi que je veux. J'aurais dû leur dire qu'un jour on se hait. Et que, ça encore, ça ressemble à une histoire.

J'aurais dû leur dire qu'un jour on se méprise, on s'indiffère.

On regarde les Teletubbies, les enfants ?

Et au Sidcup Art College, il se passe quoi ? Je suis dans l'équipe de foot. J'ai un accent cockney très fort à cette époque. J'ai des épaules larges où les filles veulent se réfugier. C'est ici que je décide de ne plus parler à mon père, de ne plus le voir jusqu'à ce que je sorte de cet endroit. Je voudrais me débarrasser de lui. Je suis encore à l'âge où je pense qu'on devient grand, qu'on laisse une mue et qu'on devient adulte comme si on devenait un autre. Je ne sais pas que mon père est en moi comme mes grandes guibolles. Si je voulais leur échapper ce serait avec leur aide et c'est une fuite qui ne s'arrêterait jamais. Même aujourd'hui j'ai du mal à admettre que ce banlieusard de merde, ce type sans culture et sans humour soit la moitié de moi. Je crois gagner du terrain en me murant dans un silence qui rend mon père encore plus obsédant.

Si je ferme les yeux, tout tourne en moi et je m'y enfonce. Si je ferme les yeux, je peux en mourir. J'essaie un peu. J'en ai envie mais j'ai peur. Je fixe un point comme on fixe son avenir, les yeux flous avec l'envie de se retourner et de courir. J'ai mis du temps à m'asseoir dans ce canapé. C'était ma première pierre de crack. Je l'ai brûlée dans une cuillère en argent. Je l'ai regardée de tout près. Elle a dessiné un masque sous ma peau, celui du visage que j'aurais eu sans elle.

C'est un jour noir qui se lève. Un jour anglais. J'aurais eu peur du soleil. Dans le souvenir que j'imagine je mets mon manteau et je m'en vais et grâce à ce souvenir je respire. Une pluie fine rafraîchit mon visage. Je me promène et je balance mes pieds au-dessus du sol. Je suis tout au fond du grand canapé. Comme un enfant. Un gosse qui lance des cailloux. Ça fait des ricochets sur les visages passés.

J'ai une prof au lycée qui m'excite. J'ai honte de me l'avouer. Aucun gars de la classe ne doit penser à elle. Ses jambes sont boudinées dans des collants trop clairs. Elle a des cheveux teints et des lunettes cerclées. Des yeux bleus trop pâles, on dirait qu'ils vont s'effacer dans son visage laiteux. C'est une sorte de prototype de grosse Anglaise. Mrs Garrott. Et moi, elle me fait bander. J'ai seize ans. J'ai un succès dingue avec les nanas et je tire des coups en pensant à Garrott.

Je joue, je joue toute la journée.

C'est demain, je ne connais pas encore le visage que je vois. C'est celui d'un enfant. Sans doute du mien. Il vient comme un souvenir. Ça ne me surprend pas. Je n'ai jamais accepté le sens du temps. Il va, vient. On est dans une boucle. Je ressemble de plus en plus à l'enfant que j'étais.

C'est Brian Jones. Il veut savoir pourquoi aucun de nous n'était à son enterrement. Des milliers de gens et pas un seul membre des Rolling Stones. Brian veut savoir pourquoi on lui a piqué ses gonzesses et son groupe. Pourquoi on l'a tué. Pourquoi il n'était pas le leader. Il aurait pu être le leader d'un groupe qui chante dans les mariages et tirer des mères de famille. Voilà ce que je pense. Ce putain d'asthmatique prétentieux.

C'est le vieux qui vient me faire chier. C'est le visage silencieux de mon père qui me pousse à reprendre une dose. Je voudrais le chasser. Toujours l'impression qu'il me regarde avec mépris. Je vis contre lui et pour lui aussi. À cause, grâce. Je lui en veux. Ça ne s'en ira jamais.

Le chien des voisins. « Souvenir », il s'appelait. Elle le prononçait avec l'accent français. La grosse proprio, plus poilue que son mari étroit et en sueur même les jours de grand froid. Ils avaient un pavillon avec un jardin minuscule mais moi j'en rêvais. J'aurais jonglé des heures dedans avec mon ballon de foot. Au lieu de ça, c'est Souvenir qui se pavanait dedans, c'est Souvenir qui chiait dans ma parcelle de rêve.

Brian me réveille. On a un concert important.

Je n'ai jamais eu de problèmes avec la drogue, seulement avec les flics. Mes lignes sont prêtes sur les amplis retour et le médecin me regarde. Je ne veux pas arrêter. Je n'ai pas engagé un médecin pour arrêter mais pour survivre.

C'est un jeune type de trente ans. Je suis un peu plus jeune que lui. Il vient de finir l'internat. Il est beau mec. Je l'ai vu ramasser des numéros de minettes, l'air de rien, derrière les crash barrières. Hier, je lui ai appris à faire un accord sur ma Fender. Il est gauche. Grand, lunettes, pouvait être que médecin ou ingénieur. On a fait un deal. Je t'engage, tu me fais tenir debout, tu limites mais t'empêches pas. Je suis adulte et je veux me défoncer la tête. J'aime être drogué. C'est mon corps, c'est ma vie. Je vais mourir comme toi. Dix ou vingt ans avant la date de péremption estimée, qu'importe ? Si les gens avaient le courage de l'admettre, on vivrait tous en l'air. Je suis accro à l'héro, c'est vrai. Quand un type se cramponne au bras d'une femme dont il ne peut plus se passer et l'épouse, on applaudit. Moi je suis amoureux de cet état. La première fois j'ai gerbé. Puis c'est devenu agréable. Et ça a fait partie de moi comme le besoin de respirer. Je ne vais pas me forcer à vivre en apnée. Une ligne c'est vite devenu sans effet. Il m'en a fallu une autre puis encore. J'inhale des quantités de cheval. J'ai la paroi nasale refaite et l'œsophage pourri. Ça brûle alors j'en reprends pour me calmer... Et je suis bien. Je joue de mieux en mieux. J'aime toujours Chuck Berry. Je ris avec mes potes. Rien en moi n'a changé.

Le médecin est resté un an. S'appelait Ted ou Tom. Il nous a suivis dans nos bus, dans nos trains et nos avions. Il nous a suivis dans les fêtes. Il a dosé mes lignes. Il m'a raconté sa vie, son enfance et sa nana qui l'a plaqué. Il a partouzé une rouquine avec Mick et je soupçonne Jagger d'avoir un peu entré sa queue dans le médecin. Il était bien ce gosse. Il aimait notre vie. Il a déboutonné ses cols de chemise. Il s'est acheté les mêmes pompes en cuir que moi. Ce type-là j'aimais bien lui parler. Il m'admirait mais il ne me craignait pas. Il osait me dire que mon foulard était à chier, que Mick me parlait mal, que je ne disais rien de ma famille... On a discuté de la drogue des heures. Des intérêts derrière. Des États manipulateurs. Des dents qui tombent. De la gerbe et de la détresse. Je lui ai dit mes trips. Ce que j'avais cru voir. Le soulagement après le manque. La chaleur dans le cœur. Je l'aimais bien ce gosse. Il a failli me convaincre. Parfois. Un instant... Je l'ai viré après lui avoir démonté la gueule. Il était sur le point de sniffer de l'héroïne tout seul dans ma loge. J'ai croisé son regard, il m'a regardé tout fier.

Il croyait faire partie d'un club sélect. Il croyait avoir compris des choses. Je lui ai cassé la gueule comme mon père ne l'a jamais fait pour moi.

« Je suis plus triste que pour mon propre divorce. »

Je sais, papa. Moi aussi je suis plus triste que pour ton divorce, pourtant c'est ma maman qui avait du chagrin. Mais là ce sont mes enfants, tu vois. C'est leurs sourires que je risque en essayant de choper un peu de bonheur. J'y ai droit papa, dis ? Tu crois que j'y ai droit ? Tu le sais, non ? Comme je suis seule. Même quand il est là.

Oui, il le sait parce qu'il se tait.

« Tu écris quand même, Andréa ?

– Je n'ai pas le choix, tu sais bien que j'écris, papa. Keith Richards. Je suis Keith Richards en ce moment. C'est difficile à expliquer. Tu sais au début personne comprenait rien à la voix de Jagger, elle était superdure à enregistrer. Il articulait mal. Les gens repassaient le disque. Il dit quoi ? En plus il chantait des paroles de Black du Sud... Les petits Anglais à la peau rousse, ils ne comprenaient rien. Comme je parle un peu, on comprend rien. J'articule pas. J'ai peur. Mais j'ai pris Keith... Celui que tu aurais voulu être. Un rockeur. Un vrai. Celui que j'aurais voulu épouser. Quitte à faire de la musique, autant le faire bien. Quitte à niquer des gonzesses, autant que ce soit des top models pas des Niçoises à pompes compensées. Et puis j'ai toujours préféré les drogués aux mecs à qui on flanque du fond de teint pour faire des émissions à la con. Et puis j'aime ça, papa, les gens qui disent merde. Les gens qui tapent du poing. Keith me fait parler, mon mari m'a fait taire, tu sais. J'ai changé. Il voulait tellement pas que j'abîme son image. Tu parles, j'étais même pas une petite ombre... J'écris, mais sinon j'ai l'impression qu'il m'a fait taire. Je ne gueulais pas parce que j'étais immature. Je vais contre les choses moches parce que c'est moi, parce que je suis comme ça. Parce que je crois encore en quelque chose, papa. J'ai tort ? »

Il ne sait pas. Il a le dos courbé. Il a travaillé toute sa vie dans une usine qui fabriquait des casques de moto. « Je sauve des têtes comme métier », il disait. Mais la mienne, voilà qu'il n'avait pas su la mettre à l'abri. Des gifles, des migraines, des larmes. Ma tête n'est pas au chaud dans un casque. Sa calvitie gagne du terrain. Bientôt, il n'aura plus assez de cheveux pour camoufler sa peau du crâne avec sa mèche de travers. Il me touche. Quand j'étais petite fille, il me faisait peur. Quand j'entendais sa voix grave qui criait « Andréa ! » je restais paralysée de peur. Comme il ne me voyait pas arriver, il criait plus fort. Mon cœur doublait le rythme de ses battements et je patientais, incapable de bouger ni de réfléchir. Parfois, jusqu'à me faire pipi dessus. Aujourd'hui j'ai toujours envie de le couvrir, d'ajouter une écharpe par-dessus son manteau, un bonnet sur sa tête d'enfant âgé.

Interview radio, États-Unis.

Présentatrice. Bonjour, monsieur Richards.

Keith Richards. Bonjour, sexy lady.

Présentatrice. Je vous décris pour vos fans... Fidèle à lui-même... Cheveux hirsutes. Chemise un peu ouverte, grand col cassé, un foulard, un pantalon près du corps.

K.R. Et moi je te décris ? Non... ça va devenir gênant ? Pourquoi tu fais de la radio avec des jambes pareilles ? À la télé t'aurais même pas besoin de faire des fiches. Pose tes fiches.

Présentatrice. Merci... on est en direct sur Coconut Radio.

K.R. S'il y avait eu Mick, tu aurais décrit sa bouche. C'est pas juste, décris ma bouche et ma langue qui passe et repasse dessus quand je te regarde.

Présentatrice. Monsieur Richards...

K.R. Tu fais quoi après ?

Présentatrice. On va d'abord faire l'interview.

K.R. ... Bien sûr. Les Américaines adorent les préliminaires.

Présentatrice. Je comptais vous poser des questions techniques.

K.R. Voyons ! Un peu de romantisme...

Présentatrice. Sur l'open tuning et le choix de vos guitares.

K.R. Enfin une nana qui sait me parler, je suis sur le point d'éjaculer...

Clearwater. Fait chaud la nuit en Floride. La clim de l'hôtel est cassée. Le bruit sans la fraîcheur. Je me suis retourné cent fois dans mon lit avant de trouver le sommeil. Puis c'est venu comme une chape. Je ne rêve même pas. Il n'y a pas de longs cheveux sur l'oreiller d'à côté. J'ai laissé la journaliste devant chez elle. Je lui ai fait un baisemain. Je la sentais toute mouillée. Ça m'a excité de la laisser comme ça... Comme un soi-disant gentleman... Un gentleman sous héroïne. En mauvaise descente. En chute libre dans la cage d'escalier qui me sert de crâne. Pourquoi alors je suis debout quelques instants après ? Comment ai-je la force de tenir ma guitare ? Ça m'a réveillé comme une femme amoureuse qui vous taille une pipe nocturne. Entre la paresse et le plaisir. Le dégoût, et l'orgasme. L'inspiration m'a réveillé.

Tin, tin lin, lin, tin tin, tin tin... Tin, tin lin, lin, tin lin, lin, lin...

Le lendemain matin le dictaphone a fait un tour. Il y a dessus un riff et ma nuit entre ronflements et phrases incompréhensibles, mais ce riff c'est celui de *Satisfaction*. Ce riff va changer la carrière des Rolling Stones.

Je me suis vite rendu compte que je m'étais inspiré d'une compo de Marvin Gaye qui a donné la chanson *Dancing in the Street*, gros succès de Martha and the Vandellas. Mick a dit « on s'en fout, c'est bon ». Sa moralité du bon c'est ce qui lui fait du bien à lui et c'est la seule qui vaille pour Jagger. Il a écrit des paroles autour du « *I can't get no satisfaction* » vaguement marmonné cette nuit-là... Pompé aussi à Chuck Berry dans *Thirty Days*... Ou pas... Y a un truc qui ressemble à ça.

On est en studio pour la deuxième fois. Los Angeles après Chicago. On enregistre avec David Hasslinger. Je ne supporte pas l'idée d'avoir copié même un peu. Je veux être neuf.

Mick pose sa voix, on dirait une gonzesse qui vient de jouir. Il ne met pas d'énergie dans la musique. Il est mauvais. Je sors du studio énervé. Je sors pour ne pas lui casser la gueule.

Je bouffe un gros sandwich gras et j'en fous partout dans une boutique de musique à côté. J'abîme vaguement une pédale de distorsion, la nouvelle Gibson. Et le type me pousse à l'acheter. Je culpabilise. J'aligne et je reviens en studio avec.

Le bruit sombre, érotique, orgasmique de la chanson... c'est ça.

C'est excitant et en tension, c'est la chanson.

Mick trouve enfin la colère, il parle de cette fille qu'il ne peut pas sauter parce qu'elle a ses règles. Les mères de famille vont s'offusquer. On est bons. La basse de Bill Wyman en guise de coups de reins. Voilà la chanson la plus sexuelle de 1965.

Elle sort en juin, six jours après nous sommes numéro 1 aux États-Unis. Je double ma consommation d'héroïne. I can't get no satisfaction.

Plus je progresse, moins je sais ce que je veux. Et la vie continue, les jours s'enchaînent. Mes chagrins s'accumulent, je les couvre sous mes amis, sous des écharpes de femmes aimées, je les étrangle avec, mes chagrins, et leur fais boire la tasse, et monte le son.

Mais je ne sais toujours pas à quoi ça rime, tout ça. Le jour va, la nuit vient. Et du soir au matin j'attends que le soir reste pour une fois. J'attends des jours meilleurs. J'attends que mon père m'appelle. J'attends qu'il soit fier de moi. J'attends qu'elle m'appelle. J'attends mais je ne comprends pas.

Il m'a dit oui pourtant. Oui, je veux t'épouser. Oui, te faire des enfants. Oui. Il y a eu tant de femmes qu'il n'y en a pas eu. Oui, je séduis mais je ne vais pas plus loin. Oui, je vais prendre soin de toi. Et je le dis aux gens, regarde comme je dis aux gens que je t'aime et que je suis un père merveilleux. C'est pour eux que je ne suis pas là, pour leur avenir. Oui, tu es seule ce soir mais ça ne durera pas. Pas après-demain. Ou peut-être le jour d'après après-demain parce que je dois être ailleurs. Mais pas longtemps. Six années seule, comme tu exagères, Andréa ! Et puis tu écris, ça t'occupe, comme les femmes qui tricotent. Tu mets des petits mots les uns au-dessus des autres, ça fait des petits personnages avec lesquels jouer. Comme la musique de Keith, une note et puis une autre qui libèrent et qui enferment, qui ne laissent plus de place aux illusions.

Fait chaud la nuit en Floride. Le riff. Le riff de cette nuit-là. Pourquoi est-ce moi qu'il a réveillé ?

Mon fond d'écran d'ordinateur fait défiler des photos. C'est la roulette russe. Quelle émotion va me surprendre ce matin ? La naissance de Gaspard, cette photo où je le regarde, avec ma chemise de nuit violette ? La tente que nous avions dressée chez un copain pour notre mariage et qui tient debout, toute seule, au milieu du jardin ? Ou juste une photo de vie, une photo anodine. On ne pense pas aux conséquences quand on appuie sur le bouton, quand on fige un visage, une expression, le bonheur qui ne nous apparaissait pas à l'époque. On sélectionne même avec les appareils numériques, on jette les mauvaises photos, les seules qui ont de l'intérêt. Celles qui fabriquent les rires ensuite. Et mon cœur qui se serre ce matin. Je pourrais faire arrêter cette spirale d'instantanés éternels, il me suffirait d'une manipulation. Mais ce serait admettre que la vie nous vainc, qu'elle nous met à terre. Je préfère enfiler les gants, la menacer de coups. De coups de fusil, de coups d'éclat, de coups qu'on tire un soir comme on vole une cerise sur une forêt-noire.

Cette photo, c'est quelques jours après notre rencontre. J'ai vingt ans. Je suis encore étudiante en théologie. Je jongle avec les religions puis je le rencontre, lui, et il devient la mienne. Sur cette photo, il a une barbe, moi une frange. Je tiens mes livres à la main. Un copain nous a figés sur pellicule ce jour-là parce que je voulais que mes copines y croient. Je voulais un souvenir de mon histoire avec une vedette. Je m'étais dit : « Aujourd'hui tu t'en fous mais quand tu seras la mère de deux ados bêcheuses, il sera toujours temps de leur montrer que tu étais cool dans ta jeunesse. »

La première fois. Je cherchais un studio, lui un appartement. Je visitais à l'étage au-dessus mais avec le même agent immobilier. On s'était mélangé les pinceaux dans les horaires. Je l'ai reconnu bien sûr. Je n'ai pas fait semblant du contraire, pas manifesté d'enthousiasme non plus. Il était beau mais sa musique ne me touchait pas. Il nous a accompagnés pour la visite du studio, il a dit qu'il n'était pas pressé, il a menti. Quelques mois après, je lui disais oui devant le maire.

« Andréa Stein, voulez-vous prendre pour ép...

– Oui ! » j'avais dit sans attendre.

Ç'avait fait rire l'assistance.

« Vous êtes sûre que vous voulez divorcer ?

– Oui. »

Entre nos deux affirmations il y a eu deux enfants, la mort de ma grand-mère, celle de son oncle. Des amis partagés. Des amis volés. Des amis qui finissent par lui ressembler. Je ne suis pas en mesure de compter ses adultères. On a mangé deux cent vingt-huit fois dans le petit restau thaï en bas de la maison. On a vu quatre cent vingt-deux films. Il s'est endormi trente fois avant la fin. J'en ai aimé trente-sept. J'ai critiqué les autres. J'ai écrit cinq livres. Il a sorti deux albums. Huit cent trente-sept dîners chez des gens. Sept qui ne m'aient pas ennuyée. On m'a posé trente-sept fois la question en interview : « Pensez-vous que vous auriez eu du succès si votre mari n'avait pas été connu ? » À chaque fois j'ai prétendu que la question ne me dérangeait pas et que je me l'étais posée. Trente-sept fois je me suis retenue de hurler. J'ai pris cinquante-trois kilos avec mes grossesses et les vins qu'on a bus. J'en ai perdu cinquante et un. J'ai joué onze fois au Loto. J'ai couru cent trente-neuf kilomètres. Deux cents chansons d'amour ont disparu de mon iPod, sans raison. J'y ai vu un signe. J'ai donné de l'espoir à deux hommes malgré moi. Deux cent deux steaks tartares. Six années de *Journal du dimanche*. Des tas de nuits interrompues par les pleurs de nos chérubins. Beaucoup de jours sans avoir envie de faire l'amour. Entre un oui et l'autre, on a remixé un album de Michael Jackson, on a produit trente tonnes de lacets en Chine ; j'ai presque trente ans et je ne sais toujours pas faire les miens.

Quand je me suis installée chez lui, j'ai tout cassé, tout repeint, tout réinventé mais c'était toujours chez lui. Ça l'est encore aujourd'hui d'ailleurs. Quand je le détestais de m'avoir trompée, ces nuits sombres de douleur sourde comme un poids qu'on voudrait lancer à la gueule des méchants, je ne pouvais pas lui dire « casse-toi ! » Une nuit, je pouvais le lui dire une nuit. Mais si je ne voulais plus de nous, il fallait que je fasse mes valises. Alors je les ai faites. Enfants, livres et vêtements. Comme en temps de guerre, d'évasion. Il fallait chercher un appartement sans ameuter la presse. Je disais que je voulais louer parce qu'on se lançait dans de grands travaux et ça tenait, les journaux parlaient de notre couple merveilleux, on était en pleine sortie d'un livre pour moi, d'un album pour lui, on n'imaginait pas une sortie de route en plus.

Chez lui j'ai beaucoup écrit la nuit, recroquevillée dans des coins. Comme six années en terre étrangère. J'ai oublié déjà. Comment était-ce ? Qui était cette Andréa sous anesthésie ? Je ne vivais qu'avec ma plume ? C'est ça j'imagine, le sang d'encre. Je n'aimais pas ses plafonds, ils m'étouffaient. J'avais toujours envie de péter les murs dans cet endroit plein de fantômes. C'est un appartement dans un immeuble en face d'un parc. Il ne veut pas le quitter parce que c'est l'un des rares boulevards où il n'y a que des numéros pairs. Son père l'a abandonné, lui s'y accroche. Au lieu d'en devenir un, il a multiplié les impairs, son inconscient s'agrippe à l'idée d'autre chose. À l'idée qu'il pourra épouser sa maman, être le père de ses frères. La roulette. Impair et manque. Les dames qu'on aligne. Il passe ses nuits à jouer, mais les jeux sont faits depuis longtemps. Tu vas mourir, tu sais ? Je lui ai dit cent fois. Arrête ! Et le fait de ne pas en parler lui fait croire qu'il peut y échapper. Il faudrait juste savoir en rire, rire de sa mère, de son succès avec les femmes, de lui, de la mort, ce serait déjà une victoire.

C'est une grande salle blanche et la lumière l'est aussi. On m'a habillé avec un survêtement de coton fin et blanc. Je ressemble à un nuage. Et ma touffe de cheveux bruns à de la fumée de clope. On m'a dit que ça risquait d'être douloureux. On m'a branché à des tuyaux.

Je fais tout ça parce que je ne veux pas mourir.

J'ingurgite des doses massives d'héroïne, de crack, de cocaïne, de LSD, je fume, je bois, mais je ne veux pas mourir. Je veux juste jouer.

C'est en Suisse, une clinique hors de prix. Il faut être riche pour jouer sans mourir. Ils vont changer mon sang. Le purifier.

J'ai peur. J'hésite à m'enfuir. Mais je ne veux pas prendre le risque de crever pendant ma fuite. Un Rolling Stones ça ne meurt pas dans un pyjama de coton blanc.

Dehors il y a des arbres. Derrière on aperçoit un lac. C'est le genre de paysage qui m'angoisse. Mick rêve d'une maison de campagne dans ce style pour y recevoir les puissants et les riches. Moi je voudrais ma guitare. Je joue sur mon ventre. Le temps est long. On me fait attendre. Et je sens un malaise qui me gagne, rien n'est en moi pour m'aider à lutter. J'ai pris un simple verre d'eau.

Une fille entre enfin, me sourit. Elle est jolie. Elle m'introduit un cathéter dans la veine, sans un mot. Elle sort.

Je vais laisser des litres de sang en Suisse. Plus que je ne crois. Je vais y laisser le cadavre de mon bébé un jour. Je n'aime pas la lumière blanche depuis. Et j'aurais dû mourir. Tara ne serait pas né.

Au lieu de ça, je paye et je change de sang. Et je reste le même. C'est à faire peur. Un long visage. Un nez avec une légère bosse. De longs cheveux blonds que je ne me résous pas à couper. Des taches de rousseur. Un grain de beauté sur la lèvre comme l'homme que j'ai aimé. On ne me prend pas au sérieux, avec mes grands yeux bleus de gosse. Pourtant j'en attends un. C'est une fausse alerte, me dit la sage-femme. Les contractions s'espacent. Je vais pouvoir rentrer. Je n'aurais pas pu accoucher en Suisse, c'est trop neutre pour moi. Je vois à peine mes pieds avec ce gros ventre.

« Monsieur Richards ? C'est fini pour aujourd'hui. On va vous faire regagner votre chambre. Ça s'est très bien passé. »

La lumière m'éblouit comme si j'étais devenu un vampire. J'ai volé du sang et une autre vie est en moi.

C'est ici, je le sais. Ici que ma vie se brise et que je l'accepte. L'homme que j'ai aimé est en couverture d'un journal, il explique notre amour qui est parti avec des mots. Je ne sais pas si ça s'explique avec des mots. Pas dans mon pays. Je regarde son visage, déjà je ne le reconnais plus, et mes larmes s'additionnent à ses traits qui s'enfuient. Londres. St Pancras. Nouvelle gare. Ça sent encore la peinture fraîche. Une sorte de nouvel intestin. De nouveau ventre. Il m'en faudrait un vierge de coups, vierge d'enfants.

J'ai déposé les miens chez leur père. Il était habillé quand j'ai sonné tôt ce matin, trop tôt. Il avait oublié de cacher cette carte-clé du Crillon où il s'est sans doute allongé cette nuit. Il sentait une autre odeur.

Le temps de prendre un thé ? Oui, je le prends. Il ne sait pas où sont les tasses. Je souris puis je pleure, je pleure. Je sèche mes yeux pour dire au revoir à mes petits garçons. À demain, juste un dodo. Gare du Nord. Des tas de froids engouffrés dans le hall. Je tremble. J'enfonce mon bonnet jusqu'aux yeux.

Quelques heures après, je signe *L'Espoir sale* dans une librairie anglaise. Je n'ai pas envie de conseiller mon livre, j'ai envie de les encourager à traverser la rue pour aller s'empiffrer de blueberry muffins.

Le soir je suis en boîte. Je danse. Je bois. Je danse. Je suis Keith. Je suis Keith. La musique. Il faudrait entendre la musique comme je l'entends quand je me souviens de ce soir-là. C'est une partie de mon corps, un prolongement. La musique forte. La musique et mon corps qui la suit, qui la précède. Et l'alcool qui la décuple. Et mon corps qui s'éteint tandis que mes rêves s'emballent.

« *What's your name ?* »

Je pourrais glisser ma langue dans la bouche d'une femme. J'ai grandi. Je pèse le poids d'un Rolling Stones. Les pieds dans le sol. Je bouge à peine maintenant. Je toise. Je danse comme un homme. Mes amis s'en vont. Je reste en boîte seul. Une rock star ça ne se couche pas, ou pas seule. Il est l'aube. Je donne tout mon fric au taxi pour qu'il accepte de bouger jusque là-bas. C'est un Pakistanais, je prends son accent de merde pour négocier.

« *Dartford is fucking farrrrr away...* »

Je sais, oui. Loin dans ma mémoire aussi. Pourtant le goût du sable du bac m'inonde la bouche. Et les rires des enfants jouent de la musique dedans.

« *I'll give you money. I'll pay.* »

I'll pay for mes souvenirs.

Elle est petite et blonde. C'est pas qu'elle soit vraiment jolie mais elle a ce truc qui plaît aux hommes. Une promesse dans les yeux. Un air qui défie et qui intrigue quand il se plante dans vos certitudes, entre ses allures d'enfant apeurée, sa tête qui se baisse, sa peur de la vie. S'appelle Kate.

Ouais, m'appelle Kate, et toi ?

Kate et Keith. C'était fait, mon nom dans le sien comme mon sexe. C'est la première fois que je pénètre une femme. Et je suis amoureux. Ce n'est pas la mère d'un copain, une fille un peu plus vieille qui veut s'amuser. Non, c'est une gamine de treize ans qui rêve de soleil, de chaussures à talons, de mariage et de moi. Je suis dans le cadre des rêves purs d'une jeune fille de treize ans, elle est dans les miens. Je lui fais écouter mes disques de jazz. Un jour on s'en ira, un jour on ira loin.

C'est une surprise-partie. On s'est embrassés devant tout le monde mais ça ne suffit pas. Et leurs quolibets nous enferment dans notre propre aquarium. Ils nous balancent des marshmallows à la tronche. Les filles rient dans un bruit d'acier comme on aiguise un couteau. Les garçons hurlent. On se resserre l'un contre l'autre. Il me semble qu'elle ferme les yeux ou qu'elle les referme dans les miens. C'est leur prison qui nous protège. On a besoin de plus. On n'a pas embrassé beaucoup d'autres lèvres. On ne sait pas vraiment comment on en fait plus mais vite une chose en nous nous le demande. Elle n'a pas encore de seins. Juste des tétons qui pointent sur une bosse de peau. Je bande, je n'ose pas encore me branler souvent. J'ai peur. Je crois en Dieu. Je crois que ce qui est bon est interdit. Déjà j'aime ce qui est interdit. Je n'aime que ça. Les prisons qui protègent. Je chercherai les prisons de plaisir tout le reste de ma vie. Il faut plus de courage pour y entrer que pour les montrer du doigt. Mais qu'on est bien dans ces prisons.

Alors, t'es ma copine ? Oui, tu joues ? Tu veux jouer là-bas ? Je connais un petit coin où on pourrait aller jouer. Faire semblant d'être grands. C'est ça devenir grand, non ? Tu crois pas ? Faire semblant qu'on peut faire des choses de grands. Alors, oui. Kate m'a donné la main. « Keith », elle a dit. Je n'ai pas répondu. C'était maladroit ma façon de l'allonger par terre dans cette cabane de jardin public. Son corps était encore osseux comme celui d'une enfant qui grandit. Jamais le temps de grossir, tout en longueur. Elle était jolie ce jour-là. Des taches de rousseur plein la gueule. Je l'ai regardée avec ce regard intense que font les types au cinéma. Et je me suis imaginé. Et c'est ma propre image dans ses yeux qui m'a fait bander plus dur.

Tu t'en souviens, dis, Keith ? On passe devant la cabane. Le taxi va bientôt s'arrêter. Et ça ? Le banc de Miss Jones. La grosse qui nourrit les pigeons et qu'a pas de culotte, celle qu'on reluque sur le chemin du collège. Je mange un fish and chips, il n'y a plus de serviettes en papier. Je passe mes mains dans les cheveux de Sandra. Ça l'émeut. Je plais déjà aux filles sans condition. Je plais à toutes les filles et je m'en amuse.

Kate a poussé un cri quand j'ai déchiré son enfance. Elle a très peu saigné. Elle a juste changé de regard. Pourquoi je te dis ça, hilare ? Mais pour ne pas pleurer. Je ris parce que Kate a déménagé. Un jour de mai avec une brume de Toussaint. Et qu'elle a dit que c'était pas grave. Qu'on tomberait amoureux de quelqu'un d'autre. Tête baissée comme toujours. Lève ces yeux-là Kate, que je voie ce qu'il y a dedans, des larmes ou du mépris. T'es détachée ou tu souffres, Kate ?

« Ben là faut que j'y aille, sinon mon père va s'inquiéter.

– C'était prévu depuis longtemps, Kate ?

– Je voulais pas que ça change des choses.

– Je voulais pas de promesses.

– Je le sais depuis un mois.

– On se délivre en quelque sorte.

– De quoi, Keith ? Du bonheur ? »

Et elle a ri de son rire de clochette, un rire enchanté qui me signifiait la fin de l'amour. Un rire encore. Un rire contre lequel il me faudrait jouer.

Voilà le collège Keith, regarde, rien n'a changé. Et la cloche justement ne sonne pas le dimanche. Peut-être que ça ne sonne plus ? Il y a encore des gens ou ils ont juste gardé le décor de ta vie ? Au cas où tu veuilles t'assurer que tu as eu une enfance.

Le ciel est là, toujours gris, gris, toujours gris.

Et maman ? J'ai bu, Keith, je divorce, j'ai fait des kilomètres de Londres. Laisse-moi voir ta mère, on s'en fout bien qu'elle soit morte. Elle écoutait Lennon et McCartney, je suis sûre. Elle fredonnait *The Long and Winding Road* en douce. Elle est belle, hein ? C'est d'elle que tu tiens ces yeux charbonneux, alors. Elle est longue ? Un peu sèche ? Elle a une blouse de ménagère. Ça lui permet de ne pas confondre ses rôles dans la vie. Et pour te serrer dans ses bras, c'est sa longue chemise de nuit rose, un peu râpeuse aux coudes. C'est toujours avant que tu t'endormes. Elle s'assied, un peu gênée, comme une femme qui n'est pas sûre d'être aimée. Vous parlez un peu, puis elle se penche vers toi pour te donner un baiser. Et elle semble se jeter à l'eau, soudain, elle t'enlace. Et elle me tient fort. Elle passe sa main dans mes cheveux. Bientôt je vais tourner dans mes draps. Me souvenir de ce que j'ai fait de mal. De ce que je voudrais faire de ma vie, là-bas, juste derrière les embouteillages, juste après les usines... À Londres. Pour moi, c'est le bout du monde, ça en restera le centre. Le Pakistanais m'agresse. Dit que je suis bourrée parce que je veux pisser debout.

« *There's a plaque for Keith Richards ?*

– *A what ?*

– *A plaque. Here vécut Keith Richards, ceci...*

– *Who's fucking Keith Richarrrrds ?*

– *I am. In my own way, I am Keith Richards.* »

J'ai dû rentrer à Londres.

Il voulait pas m'attendre. J'avais peur qu'il me laisse là-bas et de ne plus trouver de taxi ni même de route. Je flippais de rester bloquée dans cette ville comme si elle n'existait qu'à certains moments du monde et qu'il n'y ait plus de pont pour rejoindre ma vie, mes enfants et le reste. En traversant la voie, j'ai cru voir Keith dans une voiture et j'ai cru qu'il m'avait reconnue. Je suis repartie vers Londres. Deux heures après j'étais chez Hamley's avec un mal de tête. J'ai acheté des jeux de magie pour mes fils. Je suis retournée à l'hôtel dans du coton. J'ai pensé à Dartford. Est-ce que j'y suis allée ? Je ne sais plus. J'ai tellement vomi que j'aurais pu inventer tout, tout, la gueule sur la lunette des toilettes entre deux gerbes. Et ç'aurait changé quoi ? Puisque je l'ai vécu. Dans ma vie de Keith Richards.

Here vécut Andréa Stein, a loosy moment, the face on the chiottes.

Rapport de police
Toronto, 7 février 1977.

Nous avons interpellé monsieur Keith Richards, citoyen britannique né à Dartford, Kent, en Angleterre, le 18 décembre 1943 et sa compagne madame Anita Pallenberg, née le 25 janvier 1944 à Rome, en Italie.

Dans leur chambre du Harbour Castle Hotel.

Les deux individus chantaient à une heure tardive de la nuit, ce qui dérangeait leurs voisins. Ils avaient des bouteilles de bière à la main et présentaient toutes les apparences d'un état d'ébriété avancé. Après une fouille, nous avons trouvé sur l'individu Richards une grosse quantité d'héroïne. Et dans une valise, des stupéfiants de toutes sortes, détaillés dans le document ci-joint.

Monsieur Richards nous a insultés dans un français très approximatif et a menacé de nous « enfermer dans une pièce avec les New York

Dolls à fond la caisse » et de nous « pisser dessus ». Ces propos ont eu l'air de le faire rire et nous l'avons menotté hilare tandis que sa compagne se débattait contre un homme imaginaire qui, d'après ses propos, ne voulait pas la violer.

Ils ont été conduits au poste de police voisin. Une foule importante de badauds et de gens de la presse était déjà massée devant l'hôtel. Les deux individus ont usé de leurs droits pour appeler un avocat concernant madame et monsieur Richards a dit qu'il comptait quant à lui « appeler son dealer ». Un des agents a jugé bon de lui administrer un petit jet de bombe lacrymogène afin de lui faire comprendre qu'il ne fallait pas plaisanter avec la police canadienne. Monsieur Richards a dit que c'était « plus efficace que l'héroïne ». À ces mots, sa compagne Anita Pallenberg s'est uriné dessus et nous l'avons emmenée vers les cellules des femmes afin de lui donner des vêtements propres. Ce sont nos collègues des stupéfiants qui ont pris la suite.

« Allez, dégage. Casse-toi d'ici. Je te trouve un job et toi tu le prends pas ? Monsieur veut pas s'abîmer les mains ? Qu'est-ce que tu vas en faire de tes mains à part te branler ? Tu crois que ça gagne du fric de tripoter une guitare ? Tu crois que je vais te faire bouffer longtemps ? Je veux plus voir ta gueule. C'est honteux. Un fils qu'a un père blessé. Tu devrais t'occuper de moi. Tu devrais payer mes clopes. C'est chacun son tour. Et arrête avec ces pantalons serrés. On dirait une gonzesse. Va-t'en Keith. Va-t'en, je veux plus voir ta gueule si t'as pas de travail. »

Il est plus grand que son ombre. Il est immense. Je le dépasse mais je me sens fragile. Je le regarde dans les yeux mais j'ai une boule dans la gorge et si je ne serre pas les poings, je pleure.

Comment lui dire que la musique est ma vie, que je sens que je vais être important pour elle comme elle l'est pour moi ? Comment lui dire ce qui se passe dans mon corps quand les notes s'enchaînent ? S'il pleuvait, si encore il avait plu ce jour-là... J'aurais essayé de lui expliquer comme papi Augustus. Il dit que je suis paresseux, je le laisse dire. Il dit que je suis fou et je pense que c'est possible, je pense que j'espère être fou.

Je ne veux pas vieillir à Dartford. Je ne veux pas crever d'ennui.

« Tu crois que t'es mieux que ces gens-là, petit con ? Tu crois que tu mérites mieux que de bosser ? Qu'est-ce que tu crois ? »

Oui, je le crois, je vaux mieux que ça, et je vais m'envoler loin d'ici. Il ne manque plus qu'à me lancer. Plus qu'à fixer mes ailes à mon corps d'adolescent qui grandit plus vite que ses chemises.

Je crois qu'il est mon père et qu'il devrait me servir de marchepied vers mes rêves, pas tirer ma jambe vers son enfer urbain, vers son quotidien gris. J'ai l'impression qu'il a toujours les mains sales. Mon père. Quel sentiment incroyable que celui qui m'envahit, une haine qui me dit que je l'aime. J'ai compris que je l'aimais quand je l'ai détesté. Ce jour-là. Ce jour où il m'a chassé. J'ai senti le vide sous mes pieds. Et c'était bien. Foutait la trouille mais bien.

Je suis allé chercher ma mère à la sortie de son travail et je l'ai invitée à boire un thé. Elle a pris une part de tarte aux myrtilles aussi. On l'a partagée. Elle trouvait ça gentil, cette surprise. Je ne lui ai pas raconté ce qui s'était passé avec mon père. En prenant du recul, je me dis que je l'ai draguée ce jour-là. Comme si j'avais enfin affronté mon rival. J'ai vu qu'elle m'aimait bien. Et je me suis donné le droit de vivre. Je les ai tués tous les deux cet après-midi-là.

Ce goût de tarte aux myrtilles est revenu souvent dans ma vie. Le goût du premier jour de ma vie d'homme.

Je l'ai raccompagnée à pied jusqu'à la maison. Elle se tenait encore plus voûtée qu'à son habitude. Elle s'asséchait avec le temps, comme un vieux fruit. Je ne sais plus vraiment quand elle est morte ou si elle est morte d'ailleurs. Je n'ai pas très envie qu'elle meure et comme je ne la voyais plus, j'ai décidé qu'elle était là pour toujours. Comme cette ville. Dartford. Je sais que ça existe, là-bas. À Dartford, Dartford existe. Et ma mère ne cesse d'exister là-bas. Seulement je n'ai pas de raison d'y retourner. Pas de raison de cesser de croire en elles non plus. Ma ville et ma mère imaginaires. Elle m'a laissé intact, ma maman. C'est rare qu'une mère préserve un homme. J'ai toujours été fidèle à celles que j'ai aimées. Ou au moins à quatre-vingts pour cent plus que toute autre rock star. Même les chanteurs du dimanche tirent des gonzesses. On n'y peut rien. Et guitariste, c'est pire, il n'y a qu'à se pencher.

C'est comment de faire l'amour avec un corps neuf quand on a touché une seule personne pendant sept années ? C'est comme un dépucelage ? On est maladroit ? Est-ce qu'il faut faire semblant au début ? Est-ce qu'il faut se laisser aller ? Est-ce que c'est mieux de boire ? C'est comment de faire l'amour quand on est un homme ? Avec mon corps de Keith. C'est comment de relever bien haut les deux jambes de Patti Hansen ? Je suis sexy sur les photos de mon mariage. J'ai quarante ans et un brushing. On dirait la série *Dallas*. Je suis en costume noir. C'est le jour de mon anniversaire. Chemise blanche. Assez irrésistible. La mariée est en blanc. On la croirait vierge. Mick est l'unique Rolling Stones à être présent. Il est mon garçon d'honneur. Je pense que Patti est la seule de mes nanas qu'il n'a pas sautée avant. Alors pour signifier qu'il a une place dans ce couple, il est en blanc aussi. Et quand je dis oui, je pense à Mick aussi à qui je suis lié pour la vie même si, avec le temps, je pense que je le déteste. Comme on déteste un frère siamois. Passionnément. Nous sommes liés par la musique. Par nos compositions qui ont fait de nous un groupe plutôt qu'une simple bande de musicos qui jouent des reprises de blues.

Tu ne veux toujours pas dormir, Keith ?

Oui, je sais bien que c'est un lit d'enfant mais tu ne peux pas dormir dans le mien. C'est celui que je partage avec mon mari. Et alors ? Ce n'est pas une raison pour faire comme lui. Et puis même si tu voulais... Tu crois que tu pourrais toujours bander ? Arrête ce sourire malicieux, Keith. On dirait mon grand-père. Et mon mari je vais le quitter. On le sait tous depuis longtemps. On sait comment. Ce n'est pas parce que ce soir est un peu avant la séparation qu'on ne sait pas déjà tout. La vie n'est pas construite comme au cinéma, Keith. On ne demande à personne de trouver la vraie vie crédible. Andréa. Je suis Andréa Stein. J'ai vingt-neuf ans. J'ai les dents du bonheur. Toujours quelques kilos superflus sur les hanches mais je plais aux garçons. Quand il pleut je frise. Quand il fait chaud j'ai encore un peu froid. Quand mes enfants pleurent je le sais avant qu'ils n'émettent le moindre son.

Avertissement. Batterie faible. Mon cœur clignote comme un portable.

Lettre à Ed Sullivan.

Monsieur,

C'est avec le plus grand respect que je vous écris, étant une fidèle de votre émission et de vos valeurs.

C'est aussi ce respect qui fait que je me permets de vous écrire aujourd'hui pour vous dire que vous avez dépassé les bornes en invitant sur votre plateau cette horde de jeunes gens dégénérés et mal peignés qu'on appelle les Rolling Stones.

Je ne sais pas ce qui se passe à Londres ni en Europe d'ailleurs, mais qu'ils gardent leurs épouvantails chez eux. Il m'avait pourtant semblé que les Beatles étaient des gens bien sous tous rapports, coiffés, en costume et qui ne consommaient pas de drogue.

Comprenez-moi bien, il ne s'agit pas de leur musique. Je ne suis pas pour ma part fan de Rock and roll mais il faut bien que la jeunesse emprunte le chemin du mauvais goût pour revenir à la raison. Non, ce qui m'inquiète c'est (pardonnez-moi d'utiliser ces mots mais je dois éclaircir ma pensée) cette sexualité qu'ils mettent partout dans leurs regards, dans leurs tenues vestimentaires. Ces cheveux longs, cette façon de ne pas baisser les yeux, on dirait des hommes préhistoriques prêts à bondir sur leurs proies. Ce Mick Jagger ressemble à une fille et avec ses pantalons serrés, je ne serais pas étonnée qu'il soit pédéraste. Mais le sommet est atteint par un de leurs instrumentistes, un certain Richards (est-ce un nom juif?), qui regarde les femmes comme des objets et joue du bassin en même temps que de la guitare. Non, vraiment, je suis offusquée. Ma fille a voulu un de leurs disques, je l'ai consignée dans sa chambre jusqu'à nouvel ordre.

Pensez aux conséquences de vos actes sur la jeunesse, monsieur Sullivan. La télévision les influence et ils la prennent comme celle qui dicte les valeurs et le bon goût. Vous avez une responsabilité et si les majors vous forcent à inviter ces gens-là à nouveau, obligez-les à se couper les cheveux et à porter des tenues décentes.

J'espère que nous aurons de belles émissions devant nous. Je continue à être une de vos fidèles et espère vivement que vous inviterez à nouveau cette dame si charmante, miss Jones, reine des jardins.

Je vous indique mon adresse au dos de l'enveloppe afin que vous m'envoyiez une photo dédicacée si votre emploi du temps chargé vous le permet.

Avec toute mon admiration,

Peggy Sue, Dallas.

P.-S. : La chemise du certain Richards était déboutonnée jusqu'au nombril. C'est de l'atteinte à la pudeur.

Sur le chemin je me suis souvenu de lui à vingt ans. Il avait toujours été la bonne humeur du groupe. Toujours content, Bill. Tout était drôle. Tout était bien. Il matait les seins des filles. Ça sonnait déjà la première fois qu'il avait joué avec nous dans la salle paroissiale de Putney. On a cinquante balais, on a fait les plus grands stades. C'est peut-être la dernière tournée avant la dernière... Est-ce qu'on peut vraiment faire autre chose que continuer ?

« Tu parlais sérieusement alors ? Un fish and chips ? Un Rolling Stones qui ouvre un fish and chips ? Viens que je t'embrasse enculé.

– T'as toujours un look de ringard, Keith. Regarde-moi cette chemise panthère.

– Moi je peux me le permettre, je suis toujours une rock star.

– Tu veux une bière ?

– T'as pas un truc plus fort, Bill ?

– Du lait fraise ? Ça peut faire une réaction chimique avec tes intestins pourris.

– Va pour une bière.

– Mick est passé hier. »

J'ai ri. Il passe toujours le premier celui-là.

« Tu sais qu'on repart alors.

– Sans moi, Keith. Ça y est. Je vous l'ai dit, il y a deux ans.

– T'as eu le temps de te faire chier.

– Je ne prends plus l'avion, Keith. Je l'ai dit. Plus d'avions. »

Je me suis moqué de lui. De ces kilomètres en caisse parce qu'il a peur des zincs.

« C'est pas les Blues Brothers, Keith ! Tout n'est pas drôle, tu comprends. Il s'agit de ma vie maintenant. De ma vie ! Pas d'être votre pantin à Mick et toi ! »

Et Bill s'est mis à pleurer debout comme ça. Au milieu de son fish and chips vide. Il était onze heures du mat'. De grosses larmes tombaient en flaques à ses pieds. Il bougeait pas. Moi non plus. J'ai pas osé aller le prendre dans mes bras et lui caresser les cheveux avec mes mains de femme.

« C'est OK, Bill je comprends. »

Il secouait la tête comme si on ne comprenait rien. Comme s'il luttait contre nous. Contre la musique. Contre la vie exceptionnelle qu'il avait eue. Il voulait juste son fish and chips. Juste qu'on s'en aille. Il courait le risque d'être normal. Il courait sur place et moi je suis sorti. Je suis rentré chez moi à pied. C'est peut-être Bill qui avait raison. Fallait peut-être rendre le tablier, ou le mettre pour faire frire du poisson. C'est vrai, ça au moins c'était palpable : l'odeur du merlan, le gras des frites, la bière qui chauffe le ventre, c'étaient des choses rassurantes. L'inverse d'une foule. D'une chanson qui s'évanouit. D'une impression de puissance qui s'envole avec le concert. Le silence des backstages. Les roadmen qui remballent. Les tonnes de fils qu'on roule, pour la fois d'après...

Je me suis arrêté dans un fish and chips concurrent. Ça m'avait donné faim. Et ce con de Bill avait pensé à chialer mais pas à me nourrir. Je m'étais fait quelques lignes avant d'aller le voir et ça commençait à me faire un bien fou. Je ne peux donc pas affirmer que c'est la blonde d'Abba qui m'a servi mes frites mais j'ai bien cru reconnaître l'un des mecs et la brunette juste après en sortant.

Mick et moi, on n'a jamais été très poisson.

Quinze jours après, on remplissait un stade. Sans Bill Wyman.

Il en remplit, des stades et des salles de concert, pendant que je décore notre maison. J'espère en faire une maison de famille, je voudrais qu'on partage des choses ici. Je voudrais qu'on se voie vieillir, qu'on retombe amoureux, doucement dans les allées de pins, sous le chant des cigales. Je me souviens d'avoir touché ses pierres et de m'être dit cette maison est à moi. Elle est solide. Elle tient debout, je ne peux pas l'encercler de mes mains mais elle est à moi, j'en ai acheté la moitié avec du papier crayonné...

Je ne pouvais pas imaginer ma vie sans cette maison. Un prieuré du dix-septième siècle, sobre. Élégant. Des pierres blanches solides. Quand j'y suis entrée pour la première fois, une chose en moi a dit « je mourrai ici ». Je n'avais pas tort. Quelque chose de moi est mort, une partie d'Andréa Stein est restée là-bas et hante la maison. Ce week-end, il y est parti avec une autre femme et nos enfants. J'ai choisi chaque détail, tous les meubles représentent un moment, une discussion, un moyen de le livrer. Il y a ceux de ma famille aussi. Il y a de moi partout. J'ai essayé les lits, j'ai dormi dans chaque chambre. C'est la région où je passais mes week-ends, enfant. Je suis privée de tout. De mes rêves, des pierres, de leur décor, de l'être qui les habitait et même du Lubéron. Je n'irai plus.

Mick et Marianne ont quitté l'Angleterre pour le Maroc hier soir. Depuis qu'on a trouvé ses amphètes chez moi, Jagger a peur. Il veut qu'on se mette au vert. Il veut surtout pouvoir continuer à se mettre la tête à l'envers sans qu'on le fasse chier. Je lui ai promis de le suivre. La Faithfull m'a roulé une pelle dans un coin avant qu'on parte, je pourrais y aller en rampant. J'ai sa langue dans la bouche toute la journée et une envie d'elle qui ne me lâche pas. Sans doute envie de Mick à travers elle. Envie de lui voler du talent, cette femme a du génie. Mick me dit qu'ils parlent de moi quand ils baisent. Il me dit ça en tirant sur sa clope, un peu jaloux, un peu excité. Marianne se contente de me toucher quand elle me croise, parfois entre les jambes. Pendant la descente de police, on l'a fouillée au corps. Faithfull était nue sous une couverture de fourrure. J'aurais voulu la fouiller moi.

On était dans la merde mais je ne pensais qu'à ça. Laissez-moi chercher en elle... J'ai filé du blé à Tony pour qu'il arrose les flics. Beaucoup de fric. George Harrison s'en est tiré. Brion Gysin nous attend dans sa baraque de Tanger. Il y a cette tarlouze de Cecil Beaton qui bande pour mon Jagg. Il doit le dessiner en cachette sur ses petits carnets de croquis. Le croquer au crayon noir. Mick lui fait avaler des drogues de plus en plus violentes pour qu'il voie autre chose que la réalité. Pour transformer sa peinture. Tom Keylock sera là aussi. Et l'autre rousse dont j'ai oublié le nom. Il y a ces nuées de parasites qui se déplacent avec nous, comme des grappes de raisin mûr avec des tas de grains pourris.

J'ai décidé qu'on partirait en caisse. Dans ma Blue Lena. Comme des pouilleux. Avec des petits sacs et ma guitare. J'ai envie de temps. J'ai envie de routes plus que d'arrivées. J'ai des choses à semer. Des airs à inventer. Je les sens autour de moi qui tournent qui attendent d'être attrapés.

C'est la main d'Anita que j'attrape pour l'instant. Elle monte à l'arrière de la voiture. Et dans cette main il y a comme une promesse. C'est là, juste là que je tombe amoureux d'elle. Sans me l'avouer. Sans jamais l'avoir vraiment regardée avant. C'est cette main fragile mais qui me tient fort, cette main qui m'apaise en une seconde comme un nouveau-né posé tout contre la peau de sa maman.

Brian a de plus en plus de mal à respirer et nous nous regardons de plus en plus longuement avec

Anita. Comme si notre amour naissant l'étouffait. C'est discret pourtant, un œil qui soutient l'intensité de l'autre dans un rétroviseur, des corps qui se frôlent. Un silence qui s'installe. Brian étouffe, il tousse à s'en décrocher le cœur. Et c'est celui d'Anita qui se décroche du sien qui glisse vers le mien. On le sent. Tout le monde le sent, c'est tendu mais c'est irrémédiable.

À l'hôpital d'Albi.
Brian immobilisé.
Il est mal.
Ce lit d'hôpital.
Je continue la route avec Anita.
Baiser.
Encore.
Je la baise.
Encore.
Marianne et Anita le récupèrent à Toulouse.
Elle me manque.
Mick en rit.
Exam de Brian à Londres.
Pauvre vieux.
Puis avion jusqu'à Tanger.

Dans l'avion, Brian boit. Il se doute de mon lien avec Anita. Il a tout compris et il se met à l'aimer plus fort et à me haïr davantage. Il ne jouera plus de musique avec nous. Toujours contre nous. Ça créera un son étrange. Il pense qu'on a voulu lui voler son groupe, sa femme, son talent. Il pense que ce genre de choses se possèdent. Il n'a rien compris à rien. La vie tourne autour de lui, de ce qu'il veut et de ce qu'il perd. Quand Anita arrive, elle a peur. Elle s'effondre dans mes bras. Et moi qui pensais tirer la femme de mon pote, je me rends juste compte que c'est ma femme, depuis toujours, qu'elle s'est juste égarée. Anita et moi, nous ne pourrons plus vivre l'un sans l'autre.

Interview radio, Dubrovnik.

Présentateur. Bonjour, comme nous vous l'annoncions depuis presque un mois, voici les Rolling Stones. En direct de Dubrovnik. Alors, qu'est-ce que ça vous fait d'être chez nous ?

Keith Richards. On est dans quel putain de pays déjà ?

Présentateur. Vous êtes à Dubrovnik, capitale de...

Mick Jagger. Capitale de ton cul.

K.R. En Chine ? Non, laisse-moi deviner, Kurdistan ? T'aimes ça, Mick ?

M.J. Dubrovnik. Jolies filles mais on caille ici.

Présentateur. Je suis sûr qu'on va se réchauffer pendant votre concert ce soir. J'imagine que vous allez jouer tous les gros hits.

K.R. Comme t'es malin. T'as vu comme il fait bien la transition. Ça chauffe... Concert... Il nous flatte, t'as vu ? T'as peur qu'on pète le studio, c'est ça... Il te faut une discussion constructive.

M.J. Putain Keith, tu le fais transpirer le Chinois. Arrête, laisse-le poser une question. Vas-y pose...

K.R. Allez ! En quoi cet album est-il différent des autres ? Qu'est-ce que ça fait d'être le plus grand groupe de tous les temps ? Est-ce que vous vous droguez toujours ? T'en penses quoi ?

Présentateur. Oui...

K.R. Oui quoi ? On est le plus grand groupe du monde ? On se drogue ? C'est même pas qu'on se drogue. On est supersuperhauts. On ressent trop bizarre quand on est à jeun et nets. Un peu comme si toi tu te faisais une ligne d'héro. On vit dans le négatif de ton monde... Alors dis-nous mon grand... C'est où Dubrovnik ? Ça a l'air de te faire plaisir de situer le trou du cul du monde.

Pas eU le cOurage de raMener une chatte. DÉFONCÉ, ouI je suis mort Deux fois depuis deMain. Je suiS sous héroïne, Sous
CRACK sous tout ce qui existe pour chasser les rires et en fairE de la musique. Ça joue. Ça joue. Si vous entendiez dans ma tÊTE ; Ça taPE dans ma têtE MAIS Ça taPE joli. Comme du rock. Le rock'n'roll c'est un beau bruit. Un bruit qui transporte. Et moi, je SUis comme tous les gens

comme tous les gens

je veux qu'on me transporte, toujours. Où ? Je ne sais pas. Mais Loin... ToujOurs plUS loin de moi. ToUJours mieux que mainteNant.

Open tuning de ré.

Ré

Sol

La

Si

Ré

Je tue la sixième corde. La plus grave. Celle qui pend l'harmonie et qui bloque ma façon de composer.

C'est cette nuit.

C'est cette nuit-là que j'accorde ma Fender Telecaster Custom, que j'invente ce que je vais laisser. Que j'ai un sol en basse et un ciel tout en haut de la tête.

On m'a arrêté. On m'a fouillé le corps. Tout le corps. Des rires. Oui, je pense qu'eux aussi ils rient contre moi. On pleure pour quelqu'un, on rit contre. Et souvent on pense qu'il vaut mieux rire. J'ai les mains menottées. Fort. Ça me cisaille les poignets. Je ne peux pas jouer contre leurs rires. J'essaie dans ma tête mais je suis occupé à tenir debout.

Tenir DEBOUt

TENir Debout sans gerber.

Nom

Prénom

Date de NAISSAnce

Lieu

Vous saVeZ qui je suis PUtain, tout LE monde sait qui je suis

DIS-LEUR Andréa

Tout le monde SAiT Qui je suis...

Et tout le monde croit le savoir le lendemain dans les journaux. Quand on annonce que Keith Richards est sous les verrous pour consommation de stupéfiants et vu les doses, ils veulent me faire tomber pour trafic.

Je suis en prison depuis des nuits et des jours et les nuits vont revenir.

J'ai perdu la piste de ce qui me perdait. Plus de souvenirs de bonnes sensations de drogues. Juste le froid dans le corps. Et l'incompréhension. Qui sont-ils pour m'empêcher de me faire du mal ? Pourquoi on enferme les gens qui essaient de s'échapper d'eux-mêmes ? On doit tous rester dans la prison de nos corps ? Sinon on nous enferme, corps et âme dans une deuxième couche en béton. Avant la tombe. Il paraît que je suis mieux traité que les autres parce que je suis une star. Parce que les artistes font du bruit pour moi, là, derrière les barreaux. Je reçois des lettres de tox qui me soutiennent, de femmes qui me pardonnent. Mais j'ai rien demandé. Ni le pardon, ni le partage. Je me suis juste défoncé la tête et on m'a enfermé. J'étais déjà enfermé en moi-même. Ils n'ont donc pas compris ?

Les premiers jours je n'avais pas de crayon, pas de papier, pas de guitare. Il paraît qu'on peut s'étrangler avec les cordes. Alors, avec mon doigt, j'en ai dessiné une sur le mur. Et je joue à m'en déchirer les doigts. Le troisième jour, j'ai dessiné un sexe de femme.

Puis je suis sorti. Des mois après. On a payé. Ça nous a rendus neufs. Mick, Fraser et moi.

Écœuré par le manque de bon sens de la justice. Pas guéri de l'envie de me droguer. Pour remercier les fans qui nous ont soutenus, nous enregistrons *We Love You* et les Beatles viennent faire les chœurs. Comme on le fera sur *All You Need Is Love*. J'écoute les Beatles sous mon casque sur la moto-taxi. Le chauffeur slalome entre les voitures parisiennes et hargneuses. Je cours entre mes rendez-vous. Interviews pour parler d'une de mes pièces de théâtre. Au feu, il y a une moto près de nous, presque la même mais elle est rouge et il est indiqué : « Urgent. Transport de sang. » C'est pareil, me suis-je dit, moi aussi je suis du sang. Lui circule dans les embouteillages pour aller dans un autre corps. Le mien circule comme il peut entre les boules de chagrin. Vous faites le même métier, transporteurs de sang. Le mien ne cesse de couler, entre mes cuisses, de mon nez, du doigt que je coupe sans faire exprès. Sans jamais faire exprès. Il n'empêche que depuis que j'ai quitté mon mari, mon sang a besoin de s'en aller ailleurs lui aussi.

J'ai ramassé une nana à la sortie d'un concert. Un peu forte, jolis yeux. M'a excité avec son kilt. Pas vraiment belle. M'a fait pitié. Tête de salope. Mélange de sentiments qui créent une érection. C'était presque un acte patriotique. Ne peux pas niquer que des Londoniennes d'origine suédoise. Je suis numéro 1 des charts anglais. Je dois à l'Angleterre de donner un peu de mon corps à ses filles. C'est une Anglaise de province. Je ne pense pas que les gens visualisent qu'il y a une province en Angleterre. On s'imagine quatre châteaux avec des lords qui jouent au croquet. Et un assassin poursuivi par un détective en pardessus jacquard. Éventuellement une vieille dame à lunettes roses qui écrit des romans guimauves. Si on tire sur leur imagination, une ville en brique avec des gosses qui rêvent de devenir danseuses étoiles et des mineurs qui font du strip-tease. Mais au-delà ? Le loch Ness ? Ce qui m'épate ce n'est pas qu'ils aient pris le monstre en photo, c'est qu'il y ait eu un type là-bas, avec un appareil photo en plus. Mais il y a une province. Quand on n'est pas né à Londres, qu'on n'est ni trader, ni rock star, ni persuadé qu'on peut coucher avec une de ces deux catégories de gens, il n'y a aucune raison de vivre là. Mais la province anglaise, c'est un peu comme choisir de vivre dans un placard quand on a un appartement de deux cents mètres carrés. Ces gens peuvent s'en aller. Ils parlent anglais. Ils peuvent trouver un job dans n'importe quelle partie du monde entier. Je soupçonne d'ailleurs que l'extension de cette langue ne soit pas due à nous ou aux Beatles, mais au nombre de jeunes filles au pair postulantes.

J'ai besoin de sommeil, je la pousse vers la sortie, doucement.

« Tu vas pas me rappeler, j'en suis sûre.

– Non, a priori non, je ne te rappellerai pas. C'est déjà cool que je t'aie regardée. Inespéré que je t'aie sautée.

– Pourquoi t'es si méchant ? Mais tu te prends pour qui ?

– Keith Richards. Le guitariste des Stones. »

Elle s'est jetée à mes pieds en pleurnichant.

« Prends-moi dans tes bras. Juste cette nuit. Je veux dormir dans tes bras.

– Non Lisa, ce n'est pas possible cette nuit.

– Je m'appelle Wendy.

– Encore pire. Je ne peux pas. »

On a fait venir la sécu. Ils l'ont sortie. Elle hurlait, se débattait. Wendy s'est tuée devant l'hôtel le lendemain matin. J'ai pas regretté de ne pas l'avoir prise dans mes bras. À la lumière du jour sa peau était encore plus blanche, un gros tas de lait caillé. Mourir ou retourner dans la province anglaise...

Quand je suis remonté dans notre bus l'après-midi après quelques questions des flics, les autres cuvaient. Je me suis assis devant et j'ai remarqué le vernis violet sur mes ongles ; le vernis ringard de Wendy qui m'avait fait bander. J'ai d'abord pensé qu'il avait déteint mais il était mis impeccablement. Je ne m'étais pourtant pas endormi avec elle dans la chambre. Et là en un instant, j'ai compris que j'avais ses mains. Wendy était morte mais, comme une malédiction, ses mains étaient restées sur moi, étaient devenues les miennes. Je ne pourrai plus toucher une femme sans que Wendy soit là. C'est elle qui me branlera. Elle qui préparera mes lignes. J'ai ri puis pleuré et j'ai réveillé Ron.

« Ron, regarde ça, j'ai des mains de gonzesse. Regarde.

– T'es défoncé man, laisse-moi dormir. »

J'ai fait arrêter le bus et j'ai sorti une guitare. J'ai avancé assez loin dans un champ. Je ne voulais pas qu'on m'entende. Si jamais... Si jamais je n'avais plus su jouer. Si aucun son n'était sorti. Les voitures roulaient à vive allure sur la nationale. Il y avait un bruit d'enfer. J'avais ma Lolita. Une petite guitare sèche avec laquelle je voyageais. J'ai fait le premier accord d'*Always On My Mind*, la chanson d'Elvis. Puis un second. J'ai chantonné pour me donner du courage.

« Peut-être que je ne t'ai pas aimée... »

Mais je jouais. Je jouais mieux. Alors j'ai pleuré mais je n'ai rien dit. J'ai pris une ligne et un somnifère et j'ai dormi jusqu'à la prochaine salle.

Si les gens me voyaient. Le petit écrivain en jogging avec son iPod. Les mains en l'air comme une ado. Le petit écrivain qui écoute de la guitare à fond pour comprendre qui est Keith Richards. Elle s'est fait plaquer le petit écrivain ? Pas vraiment, elle est partie. Elle a de l'orgueil le petit écrivain et même les jambes coupées, elle marche la tête haute. Même des larmes dans les yeux, elle ne les baisse pas. Non, non. Mais qu'est-ce qu'elle connaît à la douleur ? Oh... On l'a trompée... Pauvre petit écrivain... Pauvre chou blond. Ça a deux enfants ça ? Ça a une cicatrice de césarienne ? Incroyable... Et même une raie des fesses ? C'est mignon, on dirait une grosse tirelire. Alors ça fait quoi d'être mariée à un mec connu, puis plus ? Puis de ne pas avoir de table au restaurant... C'est important ça, dans la vie, les tables au restaurant... Vous faites bien de me poser la question. J'aurais dû m'asseoir la tirelire sur mon honneur pour pouvoir continuer à avoir la meilleure table au restaurant ? Tu crois ? Tu crois que tu vas avoir une ride, dis, petit écrivain ? Tu crois que Keith va te donner de son vécu ? Ou tu vas rester conne et naïve. Tu crois que les portes vont se refermer sur tes doigts, petit écrivain ? Que je ne pourrai plus écrire, que Keith va s'arrêter de jouer, lui aussi... Qu'il est temps d'arrêter tout ça.

Si les gens te voyaient. Si les gens te voyaient telle que tu es. Comme ils pleureraient. Comme ils riraient. Est-ce que Keith peut transformer leurs rires en musique pour toi ? Tu crois ? Oui, oui on va le lui demander gentiment... Et tu vas dépoussiérer l'intérieur de ton cœur. Te détacher des gens. Tuer la nostalgie avec ce que tu veux, un couteau, un regard, d'autres bites. Ça s'appelle grandir petit écrivain. Ça s'appelle le cynisme et c'est ça qu'on fait quand on devient grand on devient une connasse. Tu croyais quoi ? Qu'on devenait rock star petite fille qui gribouilles des petits mots ? Non, personne ne devient rock star. Personne sauf moi.

Lettre à Ed Sullivan.

Cher Ed,

Je voulais vous dire que j'avais vécu grâce à vous un moment le + cool de ma vie et aussi grâce à ma tante Thimie que vous connaissez et qui vous a fait demander par votre sécrétaire qui est une copine de fac, des places pour participer ~~à~~ à votre show télé qui était pile le jour où vous avez reçu de Londres les

Rolling Stones

Moi j'adore le rock et j'avais rencontré un type qui en faisait au collège mais jamais, jamais je n'avais vu de rockeur en face. Et là, j'ai compris les filles, celles que je disais « oh les pauvres filles ! » quand elles s'évanouissaient à la télé parce que j'ai bien failli m'évanouir aussi mais je me suis retenue parce qu'on était à la télé et je ne voulais pas me coller la honte qui reste toute la vie et qu'on reparle de ça dans les dîners de famille dans 20 ans et que mon mari finisse par me quitter pour ça. Même si je suis pas mariée, je prévois, je suis une fille qui a toujours des coups d'avance.

D'abord il y a leur musique qui est descendue profond en moi, et quand je dis ça je veux dire au premier degré, je veux dire profond comme j'imagine un truc qu'on ne doit pas dire mais voilà, exactement comme ça. Après ils sont partis du plateau et on ne devait pas bouger mais moi je voulais les suivre en criant mais j'ai respecté votre show parce que je suis bien élevée et pour ma tante Mimie et encore une fois pour les dîners de famille et tout. Mais dès que les caméras étaient éteintes, on a couru à la sortie et comme on est pas bêtes (je vous ai pas dit mais j''étais avec mon amie Shana qui est en formation pour être coiffeuse et qui pense que leurs coupes de cheveux étaient nouvelles et cool) et avec elle on a trouvé l'entrée des artistes. Et là !!! Une heure après ils sont sortis et on avait été un peu mouillées par la pluie mais je me suis jetée sur le guitariste Keith Richards et il m'a donné son chewing gum et quand je dis donné, je veux dire DONNÉ ! PAR la bouche. Pas avec la main. De ma bouche à sa bouche. Comme ça. Waow...

Je garderai ce chewing gum toute ma vie. C'est un peu comme une alliance.

Pour tout ça, je voulais vous remercier et aussi parce que ma tante Mimie a dit que c'était normal. Si vous pouvez m'obtenir une photo dédicacée avec mon nom de Keith Richards, en précisant que je suis la fille du chewing gum, il devrait s'en rappeler. Dites lui aussi que je serai à Altamont pour leur grand concert.

Je vous embrasse,

signé

♡ Lili ♡ ♡

New Orleans.

1969. Le souvenir c'est d'en haut. Un peu en dessous du bon Dieu mais bien au-dessus des gens. Je vois du sang, ou je le renifle. Je sais qu'en bas on souffre. Je vois des corps contre d'autres. Des peaux qui s'étouffent. Comme un magma d'êtres en furie. En mouvement. Malgré eux. Parce qu'on se bat. « Hé, baston là-bas ! » Oui, en bas, il se passe des choses. Un peu moins haut, sur la scène j'ai joué comme jamais. On a tourné un an aux États-Unis. J'ai jamais autant eu l'accent anglais. Plus je les entendais, plus je me sentais british. C'était une idée de Mick, ce concert gratuit. Altamont, ça sonnait bien pourtant. Altamont en Californie. Altamont, ç'aurait pu être le prénom d'une nana qui aurait circulé dans le groupe ça, Altamont. Ça devait être notre Woodstock.

Flying Burrito Brothers, Santana, Jefferson Airplane, Crosby, Stills, Nash (and Young bientôt).

Lessivés. Fin de la tournée américaine. On était chargés à bloc. Je me souviens de la came que Mick Taylor avait trouvée quelques heures avant. Il y a un mec qui a dit à l'entrée « faut que je rentre, j'ai une drogue de folie pour eux ». Et les gardes du corps l'ont amené jusqu'à nous. Il avait une bonne tête. Voulait pas nous faire payer. Un dealer fan. Taylor a testé le premier. Je me souviens de ses solos et de mes riffs comme d'une alchimie sexuelle. Je me souviens du monde. Une marée de visages qui se mêlaient. C'était un grand bordel comme je les aimais. La sécu savait pas gérer : les Hells Angels, en charge de l'organisation. Ils frappent sans raison, ou ils sont trop gentils. Quand une jolie nana arrive à moitié à poil en disant qu'elle a rendez-vous avec l'un de nous, ils la font entrer de peur de se faire virer. Et on la baise de peur de faillir à notre réputation. Je crois que j'ai un peu gerbé avant le concert. Mick faisait son tic devant le miroir, il retroussait ses lèvres, à deux doigts de rouler une pelle au miroir. Il arrêtait pas : « C'est notre moment, Keith. C'est un grand moment, tu sais. » Je ne sais pas si j'ai vomi avant ou après, mais j'ai vomi, oui maintenant c'est clair. Je me souviens surtout du bruit des pales de l'hélico. Comme la batterie quand on est entrés. Forte, fort sur les cris des gens. Les cris déformés de la joie à l'horreur en deux heures.

Je voyais le monde qui bougeait trop. Rien de compact. Ça me faisait jouer mieux. Comme une transe contrôlée. Ce qui m'appartenait dans ces bains de foule, c'était ma solitude. J'aurais voulu des salles à échelle humaine mais Mick voulait se noyer de bras tendus. Je voulais m'attacher à des visages, Mick ne voulait pas planter ses yeux dans ceux des autres. Jagger n'a jamais aimé l'amour. Il s'est toujours tapé des méchantes. Mick aime fuir. Il aime le sexe et l'argent. Il aurait trop peur qu'on ne l'aime plus. Je voulais jouer de la musique, partager. Mick voulait bousculer, renverser. Je voulais être musicien, Mick voulait être superstar. Et il a fait les Stones. Comme Sisyphe fait rouler sa pierre. Mais nous y étions accrochés et condamnés à voir les choses d'en haut puis à nous laisser écraser ensuite tout en dessous de ce que nous étions le jour d'avant.

Est-ce que la musique est responsable de ce qui s'est passé ensuite ? Est-ce qu'il y avait tant d'agressivité dans notre musique qu'ils y ont entendu « tuez-le ! Fracassez ce mec ! » ? Il y avait de la sueur et de la tension et cette came incroyable qui nous faisait jouer différemment. Un type nu de dos qui faisait le flamant rose. Une fille qui secouait les seins. Des bières au bout des barbes. Il y avait une énergie sauvage, une aura de violence dans l'air. Et cette tension qui a fini en sexe à Woodstock, peu à peu, devenait angoissante et morbide.

Oui, c'est le bruit de l'hélico, après, qui me revient en tête.

Comment ils se sont retrouvés les uns sur les autres ?

Arrêtez-vous !

Ne vous touchez que si c'est pour vous faire du bien.

Mick a une cape rouge qui tournoie, on dirait qu'elle trimballe une envie de sang.

« Montrons que nous sommes tous unis ! » dit Mick.

Unis dans quoi ? La barbarie ? La peur ?

Meredith Hunter. Un Black en costard a sorti un flingue. Les Hells Angels se sont jetés sur lui et l'ont poignardé à plusieurs reprises. Ils ne pensent pas que le fait qu'il soit noir ait eu une incidence sur la violence des coups de couteau qui l'ont tué. Ni sur le fait qu'une fois celui-ci maîtrisé, ils aient continué à le molester. Non, bien sûr. Les Hells Angels ont juste voulu protéger Jagger.

Voilà ce que c'est les Stones. Ces types qui s'envolent dans leurs hélicos. Ces types qui laissent le bruit de leur survie broyer les cris de leur public en bas. Et la paix et l'amour qu'on pensait chanter s'en vont loin dans le vent. C'est la fin du rêve hippie.

J'ai gardé le visage de Meredith Hunter plié dans mon portefeuille. C'est la photo du journal du matin. Je me souviens des flashs à l'aéroport comme d'un requiem bafoué. J'ai pleuré toute la nuit. La fin des illusions plus que la fin de cet homme. La fin d'une partie de l'histoire. De notre vision de l'humanité et de l'amour. J'ai essuyé mon visage dans les mains de Wendy et ce jour-là, ça m'a fait du bien d'avoir des mains de femme.

Tu veux bien essuyer mes larmes ce soir, Andréa ? Juste ce soir, demain je serai mort sans doute.

C'est une soirée au festival de Cannes. Une de ces grandes salles anonymes dans lesquelles personne ne l'est donc tout le monde le devient. Elle vient me parler. On se connaît déjà un peu. On a échangé des regards. Peut-être même un coup de fil pour lequel il avait fallu trouver une raison à laquelle on n'a pas fait semblant de croire. Elle porte une longue robe noire fendue. Un brushing bien fait. Un maquillage sobre. Ce n'est pas qu'elle soit sexy mais elle est assez belle, élégante, elle ressemble aux femmes qu'on m'a appris à aimer dans ma famille. C'est une fille bien. Elle est même gentille. Intelligente et gentille. Je n'ai pas le mode d'emploi. Elle prend un verre. Elle plante ses yeux bleus dans les miens. Elle me dit qu'elle m'aime. Comme ça sans condition. Qu'elle sait que tout cela est bien ridicule. Qu'elle est mariée. Que moi aussi. Mais qu'il faut qu'elle me le dise. Que ce qu'elle ressent est trop pur pour qu'elle use d'artifices et de séduction. Elle m'aime trop pour passer par le mode d'emploi habituel. Elle dit. Tout. Je sais qu'elle n'aime pas le Rolling

Stones en moi, je sais qu'elle m'aime, moi. Qu'elle voudrait m'enlever dans un monde où il n'y aurait que nous. Elle n'a même pas besoin de me l'expliquer. Ses gestes sont purs et ses regards francs et si je décevais cette femme, c'est moi, ce que je suis vraiment, qui serais à repenser.

Ce n'est pas rien. Ce n'est pas une femme parmi d'autres. C'est une femme que beaucoup d'hommes voudraient aimer sans même oser imaginer qu'elle puisse leur offrir un billet retour. C'est une femme à part. Et ce n'est personne la minute d'après. Comme si elle pouvait choisir de s'éteindre. Elle est absente d'elle-même, un peu comme moi. Elle souffre et s'amuse de tout à la fois, comme moi. C'est peut-être moi d'ailleurs. C'est peut-être juste ce que je suis qui vient me demander de l'aimer.

Quand elle est là, je ne me pose pas de questions, il n'y a personne d'autre avec qui je voudrais plus être au monde. Mais voilà, je vais m'éloigner et moi les femmes je les aime quand elles s'échappent.

J'oublie d'aller aux toilettes me charger en came. On marche avec une bande de gens jusqu'à une boîte de nuit. Et je ne peux me résoudre à l'abandonner avec son amour. Je l'embarque avec moi, son amour plus qu'elle. Son amour pur, son amour de mère.

Elle a vu des choses en moi que j'avais oubliées. On parle et j'ai seize ans. Je nous aime tant que je nous déclare amis d'enfance.

Et puis la nuit avance vers le jour. On n'y peut

rien. Et je marche avec elle jusqu'à l'hôtel. Le même hôtel. On essaie le casino. Ça ne va pas avec son visage. On avance encore, je fume des cigarettes. Le jour arrive, Cendrillon.

Nos chambres sont séparées par un mur. Il y a des centaines de chambres dans cet hôtel mais les nôtres sont séparées par deux chiffres. Elle se change, elle sonne chez moi. Elle a l'air encore plus jeune que tout à l'heure mais toujours frondeuse. Amoureuse. Sûre. Elle m'effraie. Elle me flatte et je bois du champagne pour ne pas être trop à jeun.

Elle veut s'en aller et j'imagine ses larmes quand elle sera seule dans sa chambre même plus noire de nuit. Le soleil perce déjà, timide. Seule devant des larmes qu'il faudrait se résoudre à voir couler.

Ça y est, elle a tout dit. Et moi je vais m'en aller. Je lui propose mes bras pour le reste de la nuit, juste mes bras.

Moi, Keith Richards, je suis ému par cette femme. J'en aime une autre mais c'est comme un détour par une petite route sur laquelle on s'arrête regarder un instant un paysage caché.

Elle est dans mes bras et j'ai envie de sa bouche. Mais pas ce soir. J'ai envie d'un baiser comme d'une parenthèse. Je ne veux rien lui promettre mais pas l'insulter. Qu'est-ce qui fait le plus de mal à une femme ? Qu'elle puisse penser qu'elle n'est pas désirable ou qu'on ne la revoie pas après une étreinte ?

J'ai commencé un baiser. Elle s'est enfuie ou je l'ai chassée. J'ai été aimé cette nuit. Et j'ai repris ma route, comme un vagabond du cœur. Je ne peux me résoudre à le donner à cette femme. Pas tout de suite. Je pense l'appeler quand je serai grand. Si seulement je me souvenais de son prénom.

Jack. Hells Angel. Était à Altamont.
Témoignage oral sur Internet.

« Z'ont fait chier à tourner autour de ma moto. Je devais que boire des bières et laisser des gars tripoter ma bécane ? C'est pas un job ça. Job qu'était pas payé, je le rappelle. On vient. Bien gentils. Bien cons, oui ! Nous on aime l'ordre, on aime la justice, les motos astiquées, alignées. Moi, que des gars tournent autour de ma moto qu'est le truc que j'aime le plus au monde. Pas moyen. Pour que cet enculé de Mick Jagger chante en bougeant son cul comme une gonzesse. Regardait que moi le gars. Y avait un paquet de putains de milliers de gens, me matait moi. Et après quand les gars ont tourné autour de nos motos, on les a fait saigner, on est des Hells Angels pas des anges pourris qu'ont des cheveux blonds à boucles et qui font du rock pour se faire péter le cul par des hommes. Il y avait des drogués qui couraient sur les petites montagnes et sautaient sur n'importe qui et sauter sur un Hells Angel, c'est comme sauter sur une bombe. Quant au Black qu'a voulu tuer le chanteur pédé, on aurait dû les laisser se démerder entre eux mais on était là pour la sécu, alors on l'a faite. Ça fait de nous des racistes ? Je crois pas. »

Interview radio, Londres.

Journaliste. Vous pensez que vous allez laisser quelque chose ? Je veux dire, quelque chose qui vaille la peine ?

Keith Richards. Oui, des enfants.

Journaliste. Et votre musique ?

K.R. J'ai juste attrapé ce qui était dans l'air. Si ça n'avait pas été moi... Ç'aurait été mon voisin. Ou peut-être pas mon voisin parce que c'est un gros Russe qui ne comprend rien à la musique, mais sans doute un autre que moi... Vous, peut-être ?

Journaliste. J'aurais bien voulu... Vous niez toutes les raisons inconscientes qui font qu'un artiste compose ?

K.R. Je pense qu'on les a inventées parce que ça fait peur... Se dire qu'une chose plus forte que nous, qu'une chose plus forte, trimballe des musiques, des images et des mots... Et que certains d'entre nous sont capables de les choper.

Journaliste. Ça veut dire que vous croyez en Dieu ?

K.R. Avec des réserves si c'est le même qui balance leurs chansons aux Spice Girls.

Journaliste. En quoi croyez-vous, Keith Richards ?

K.R. Je crois au blues, je crois dans le blues et le rock and roll.

21 avril 1963. Avec leurs longs manteaux en cuir noir, les Beatles viennent nous voir au Crawdaddy. Ils sont déjà les Beatles. Nous sommes juste un sombre groupe comme il y en a des tas. Giorgio Gromelsky, l'animateur de ce club, a décidé de devenir notre imprésario et les a convaincus que nous étions plus que ça. Voilà que les Beatles ont leurs culs posés devant ma guitare. Mick ne se démonte pas et il regarde Paul McCartney dans les yeux avec le même culot ambigu, la même attitude provocante, le même déhanché que pour n'importe quel autre type. Ou n'importe quelle autre femme. Mick séduit sans discrimination. À ce moment-là, Mick ne contrôle pas encore ce qu'il est. Il ne se « voit » pas encore. Il a une animalité qui le dépasse. Un Blanc à la voix de Noir, une bouche ourlée et un cul musclé. Un monstre de sex-appeal androgyne. Mais ces putains de Beatles sont anormalement hétéros. Pas que j'aime spécialement les mecs. Mais j'aime que tout soit possible. Trop proprets avec leur musique bien ronde. Leurs mélodies mélodieuses.

Leurs sourires heureux. Leurs costards repassés. Trop bons pour nous. Il restera quoi de nous ? L'attitude ? Ces enculés vont tout laisser. Ils ont du génie. Mais on n'a peur de rien, même pas de créer le génie qu'on n'a pas au départ.

Ce soir-là, on les bluffe. Et quand on leur propose un verre dans notre appart crasseux d'Edith Grove où on a de la bonne came surtout, les petits mecs de Liverpool nous suivent.

Je me rends compte seulement maintenant de ce qu'était cette pièce, ce jour-là. Les Beatles et les Stones, guitares à la main, les voix qui se mêlent, les mains qui tapent sur les cuisses. Nous chantons des standards du blues. Juste des types qui aiment la musique et qui sentent comme on sent qu'on est amoureux, qui sentent qu'ils ont de la force et qu'ils vont changer l'histoire du rock.

Mick parle d'Eric Clapton, ce jeune guitariste qui l'épate. On prend les harmonicas, on rit. On boit et on se défonce la gueule. Il n'y a pas de nanas. Il ne s'agit pas de ça. Il s'agit de la musique qui s'écrit avec nous.

C'est aussi ça ma vie. C'est beaucoup ça. Les bandes qu'on met des heures à enclencher dans des studios trop froids. Les cigarettes qu'on roule avec des ingénieurs du son. Les détails à trouver pour passer d'une chanson à un tube. Le temps. Les heures d'attente dans des pièces insonorisées à la moquette orange. Les cols de chemise pointus de Charlie Watts. Ses mains toujours en mouvement. Ses baguettes qui tournent dans ses doigts et son visage aussi impassible que ses mains sont nerveuses et précises à la fois. Regarder Mick Taylor, comprendre avec lui ce qui va tout changer à un morceau. Mick Taylor, l'ombre souriante de Mick Jagger. Et Bill Wyman et sa tête de corbeau intelligent. C'est aussi ça ma vie. Nous, dans une pièce. Des questions. La musique qu'on vient de jouer qui passe et repasse sur des bandes et nos visages qui doutent, qui cherchent, qui trouvent parfois. Les concerts. Les roadies qui déballent. Les décors qui ne cessent de changer. La route qui défile dans le bus. Nos torses nus. La croix de Mick sous son tee-shirt. Les fans trop maquillées qui attendent. Tout ça pour la musique, pour un moment à part dans la musique, qui peut ne jamais venir, comme des heures de lime sans éjaculation. Le catering sinistre. Les grandes salles vides et leurs lumières blafardes. Les tee-shirts avec nos gueules qu'on croise sur des parkings. C'est aussi nos gosses aux cheveux longs dans des décapotables. Nos femmes, nos guitares. Les printemps loin de la brume de Londres et des moments de vie, sans came, sans musique. Des amis qui plaisantent. Une fille qui s'endort dans tes bras. Ta mère malade. Un pote qui s'est fait quitter. Juste des moments de vie comme les tiens.

Je vais monter sur scène. Aux abattoirs de la Villette.

Je ris avec Ron Wood que je tiens par le col tant il est défoncé. Je lui explique ce qu'« abattoir » veut dire et je lui demande lequel d'entre nous va sortir sous forme de viande froide, les pieds devant. On parie sur Mick qui s'est calmé sur la drogue. Son corps va se rebeller. On rit en l'imaginant s'arrêter au milieu d'un mot sur une chanson et avaler son micro avec sa grosse bouche de pute.

« Il a voulu être la légende du groupe ; c'est les légendes qui meurent. Les gars comme nous ça survit et ça se fait payer pour faire de la publicité !

– Pour des dentiers...

– Pour des sacs. Je serais belle avec un sac à main, t'en penses quoi ? »

Je mets ma guitare en bandoulière.

Ils applaudissent. Ils crient. On va entrer dans l'arène et on joue comme des vieux gosses bien cachés derrière des rideaux.

Ça va être à vous.

Ils sont chauds ce soir. Il y a une grosse tension dans la salle. On va jouer à être des rockeurs dans quelques instants. Prendre des attitudes, jeter des regards. Parfois ça déborde et j'explose de rire. Tout ça est bien ridicule, Keith... mais tout ça c'est ma vie.

On me retient alors que je vais me précipiter sur scène. On renvoie une chanson pour faire patienter la salle. Deux roadies me rattrapent. Le producteur m'attend en bas de la scène. Il me dit que mon fils de deux mois est mort et qu'il peut faire annuler le concert. On m'attend en Suisse.

« Comment ? Comment c'est possible ?

– Mort subite du nourrisson. Anita l'a retrouvé étouffé dans le berceau. Je suis désolé, Keith. »

Alors je joue, je joue contre son rire que je n'entendrai pas. Je joue comme je n'ai jamais joué. Si je n'étais pas monté sur scène ce jour-là, je n'aurais plus jamais touché à une guitare.

Je sors du concert en transpiration. On me balance dans une voiture. Je me change dedans. Route de nuit jusqu'en Suisse. J'arrive à Genève à l'aube. Des policiers attendent devant et des photographes déjà, comme des rapaces. Tout autour de la maison.

Tara est mort. Il est dans son berceau comme dans un tombeau de dentelles. Sa mère pleure par terre contre le lit. Elle a du mascara sur la gueule. On dirait des larmes noires. On dirait qu'elle est en sang. C'est devant son berceau, debout face à son corps d'enfant éteint, que je réalise qu'il est né. Je ne le savais pas dans ma chair. J'avais pensé « j'ai le temps de me l'approprier ». J'avais imaginé qu'il me séduirait, qu'il viendrait vers moi. Comme tous les autres. Et ce que je vois dans ce petit corps neuf qui va pourrir pourtant, qui pourrit déjà, c'est ce que je ne serai jamais.

Dans la mort des autres, j'ai toujours vu la fin de certains chemins de ma vie. Plus les chemins promettaient d'être longs et intenses, plus les morts m'ont fait du mal. Là, c'est moi que j'enterre. Pas la moitié de moi. Un moi tout entier, un Keith qu'un petit garçon aurait coiffé et embrassé.

Un Keith sauvé. Ma guitare joueuse de berceuses. Oh mon Dieu ! Quelle sera la taille de sa tombe ?

Sa mère coule.

Je n'ai pas un geste vers elle.

Je voudrais.

Pas un geste.

C'est notre amour qui meurt. Qui a fini avec son corps. « Voilà, nous dit Tara. De votre amour, il ne restera bientôt plus que des os. Comme vous mes parents pleins de drogues, vides de sens et de chair. Comme vous. »

Je ne supporte pas de tenir debout. Pas de m'asseoir. Je voudrais me soustraire à la vie. C'est moi qui prépare des lignes d'héroïne à sa mère, comme on achève une bête qui souffre et qu'on aime. Elle a à peine la force de les inhaler. Il y a des larmes dans mes lignes. La dope se colle aux parois de mon nez. Ça reste coincé comme cette boule dans ma gorge, comme cet enfant mort entre le début et la fin de sa vie.

Tara est mort. Mais le jour lui va se lever, sans se soucier de rien. Et le soleil n'aura pas la décence de s'éteindre quelques jours, d'être moins chaud. Et les amoureux vont continuer à s'embrasser. Et des femmes vont accoucher. Et d'autres vont faire l'amour. Et pleurer d'autres gens, d'autres corps que le tout petit corps mort de Tara.

Oui, Anita. Oui, c'est infect. Et je voudrais t'envelopper avec moi dans le vent du soir qui m'aide à respirer quand je quitte la maison. Je voudrais qu'on soit ensemble mais tu vois, nous deux c'est éteint, c'est un cadavre de bébé. Et ta douleur n'annule pas la mienne, on le sait. Ta douleur, je ne peux pas la prendre.

Je pars ce soir-là, je pars comme Tara. Je fais semblant d'être là. Semblant de rire, de me droguer, de baiser de jolies femmes. Mais non, non, je suis content de partir avec Tara et je ne vais pas revenir. Je ne peux pas. Je suis mort avec Tara.

Un jour pourtant j'ai eu huit ans tu sais. Huit ans moins le quart. Déjà mieux que sept ans et demi. J'ai enterré un trésor dans le jardin.

À l'intérieur, il y a des notes de musique dessinées par papi, il m'a dit qu'un jour je saurais les jouer.

Je n'ai rien mis dedans qui se mange. Je ne compte pas le retrouver avant des tas d'années. Dedans – quand je dis dedans, je parle de la grande boîte en fer qui contenait des crackers et qui par un heureux destin est devenue un coffre –, il y a aussi le peigne en écaille nacré de maman... Elle va être triste de l'avoir perdu mais je sais qu'un jour ça me fera une émotion de le retrouver. Et moi, moi qui suis petit, je pense qu'il n'y a que les émotions que j'aime. Même les chagrins, je les préfère à l'ennui. Mon ami Teddy vit pour ne surtout rien ressentir. Il anticipe toujours la faim et mange même des choses qui ne lui procurent pas de plaisir pour éviter les sensations. Il veut être mon ami, ne rien faire, qu'on regarde la télé sans trop parler pour ne pas risquer de ne pas être d'accord avec moi. Je suis donc le pote idéal, paravent de toutes les émotions qui pourraient arriver jusqu'à lui et que je prends de plein fouet, comme on se jette sur une vague pour la casser avant qu'elle n'atteigne un enfant derrière nous. Quand on le traite de gros, c'est moi que ça blesse et c'est moi qui me bats. C'est moi qui ai un œil au beurre noir quand on regarde la télé et qu'on avale des chips sans un mot.

Dans le coffre, il y a un bilboquet parce que c'est comme une sorte de jouet précieux mais que ça m'agace. Quand je réussis ça m'agace. Quand je rate ça m'agace. Une loupe fait aussi partie de mes trésors et une photo de fille, c'est une fille de magazine qui pose devant un arc-en-ciel, c'est la fille arc-en-ciel. Un jour je vais lui faire une chanson. Je sais qu'il n'y a pas de trésors sous les arcs-en-ciel. Le trésor est dans le jardin d'à côté. Il faut trouver une bonne place, sous un bout de barrière ou quelque part où le chien ne pourra pas le déterrer. Dans le coffre, j'ai mis un mot pour moi, pour celui que je serai dans vingt ans. J'ai l'impression que je me connais déjà. J'espère qu'on s'aimera bien. J'ai mis la lettre dans une bouteille. Il faudra la briser. On ne touche pas son enfance sans rien casser.

J'ai mis un bateau en papier, pour me rappeler ma promesse d'en prendre un qui s'en irait loin d'ici. J'ai mis mon bonnet parce que je ne veux plus le porter, j'ai l'air niais avec.

Londres, plus belle nuit de ma vie
d'une très belle année...

Mon Anita,

Tu dors toujours près de moi. Je t'ai usée de câlins même si je ne suis pas parvenu à te faire l'amour. Ton corps m'a l'air changé déjà comme mon cœur l'a été quand tu m'as dit que j'allais être papa. Mon Anita, tu nous nettoies de nos péchés.

J'ai hâte de connaître son visage. Pourvu qu'il ait le tien, pourvu que ce soit le mien.

Anita, Anita, tu t'étales sous les draps. Tu prends toute la place, tu me pousses du lit. Toi qui dormais en boule. C'est comme si tu étais deux déjà. Comme si tu prenais confiance en toi. Comme je suis heureux d'avoir fait ça en toi, de t'avoir changée. Je suis ton père, ton amant, ton enfant aussi. Au moins la moitié de lui. Tu es toutes les femmes pour moi, soudain.

Anita, mon ange blond, toi qui ne seras jamais une grande personne, je t'aime.

Keith

Je sais qu'elle ne cesse de la relire cette lettre. Je l'ai trouvée froissée dans son agenda en cuir tout usé où elle note ses rendez-vous bidon. Elle a des millions d'années cette lettre mais elle s'en fiche. Anita sourit à Patti comme si tout allait bien. Elle m'aime tant qu'elle ne peut pas prendre le risque de me perdre. Elle veut que je sois là, que je traîne autour. On a partagé des centaines de prises d'héroïne et presque autant de vies. On a fait trois enfants et un est parti devant. Anita sera toujours ma femme.

Mais voilà, j'ai rencontré la même qu'Anita avec des années en moins et je l'ai épousée. C'est infect. J'ai vieilli mais je suis de plus en plus Keith Richards et les femmes de ma jeunesse sont de plus en plus vieilles. C'était au Studio 54 à New York. Patti Hansen est top model, je suis un Rolling Stones. Les choses arrivent comme elles doivent arriver. On n'est pas une rock star si on n'en assume pas la caricature. Patti m'a fait deux filles qui sont devenues mannequins comme doivent le faire les filles qui ont de l'intérêt. Si les chercheuses au CNRS avaient des orgasmes et faisaient de beaux mariages, ça se saurait. Une fille ça doit être grande, blonde et en jeter.

Je ne sais pas ce que c'est d'être ma fille. J'imagine que chez le psy ça doit parler d'œdipe à fond. Mes filles sont désespérément saines. Quand ton père en a plein le nez, ta crise d'adolescence c'est de te mettre à bouffer bio. Il n'empêche que je suis un père. Je me suis tapé des fêtes de l'école et les mères de leurs copines de classe. Et je les ai aidées à faire leurs devoirs, une fois je crois après une tournée. J'aime bien les voir backstage dans les concerts. Je suis fier. Elles vont s'asseoir à la console de son, souvent avec un signe de couleur pour que je les reconnaisse et je joue pour elles. Puis il y a les deux grands, les moitiés d'Anita que j'aime plus douloureusement, de plus loin aussi. Je joue pour ceux-là. Je ne sais plus pour quoi d'autre. Pourquoi je continue à jouer ? Toujours contre les rires ? Est-ce que la rage est restée en moi ?

Augustus me disait : « Tu sais, Keith, ce qu'il y a de joli dans la musique, c'est qu'elle ne peut te surprendre que si tu la connais vraiment bien ; c'est étrange à exprimer mais c'est ainsi. Il en est de même pour la femme qu'on aime. C'est ce qui fait les couples heureux. Il y a un moment où on en a marre de se réveiller près de la même tête. Un moment où on veut quitter sa femme. Tu vivras ça aussi avec la musique. Une impression de tourner en rond. Il n'y a pas tant de notes que ça, tu te diras. Tout a été fait. Tu t'ennuieras peut-être, mais ne lâche pas. Prends ton piano, prends ta guitare. Prends l'instrument qui t'aura choisi et joue. Joue. Un jour c'est lui qui se jouera de toi. Le génie de Mozart était dû à son enfance justement. Il avait admis que la musique était plus forte que lui. Il l'avait laissée parler sans raisonner. La musique comme un petit animal lui filait entre les doigts, pourtant il l'avait mise en cage. Quand tu auras ça, tu auras le bonheur, Keith. »

Et je gratte encore sur les cordes de mes guitares, comme on continue à faire l'amour à la même femme, bouleversé et surpris plus que par un nouveau corps.

J'attends Mick et sa grande pute de femme pour un dîner bourgeois. Un type du *Times* va faire un grand papier sur nous dans ce nouvel hôtel à la table d'un chef français. Mick est en retard. Moi aussi. Mais il fait toujours gaffe à être un peu plus en retard. C'est le chanteur. Il faut qu'on remarque son entrée. Je m'emmerde pendant que ma femme est partie aux toilettes se repoudrer le nez. Je vais pas tarder à en faire autant.

Quand je vois tous ces chauves de mon âge dans des restaurants avec des lunettes posées sur leurs grands nez, qui ont des hernies et des souvenirs de parties de tennis, je suis heureux d'avoir pris de l'héroïne. Ça m'a sans doute conservé, comme une grenouille dans du formol. Les femmes pensent toujours qu'il y a en moi une chance que je me transforme en prince charmant.

À part Woody Allen, je n'excuse aucun vieux chauve à lunettes. Et je ne l'excuse pas pour son talent mais parce qu'il a épousé sa belle-fille asiatique, ce qui me paraît correspondre à une attitude de Rolling Stones. Non, je n'excuse pas les vieux chauves à lunettes sous prétexte qu'ils sont intelligents. Ceux qui vont dans les mêmes restaus que moi sont de surcroît des intellectuels.

Un jour, j'ai consulté un psychanalyste. J'ai cru qu'il m'aiderait à retrouver une mélodie oubliée. Il m'a juste aidé à retrouver le sourire. Putain ! Quelles vies de merde ! Toutes les autres vies que celle de rock star sont des vies de merde.

Même en dehors de scène, on devrait être toujours sous drogue, en pleine montée. Ce soir-là, on a parlé politique et on a ri, et nos femmes se sont fait la bise. On a parlé de la prochaine tournée comme d'un pauvre deal de vendeurs d'aspirateurs. Je me déteste quand je suis normal.

Mon père est mort. On m'a appelé en pleine nuit. J'ai pas pleuré mais je me suis senti mourir aussi, « la prochaine fois, c'est mon tour », je me suis dit...

« Il est mort, j'ai dit à ma femme.

– Qui ça ? Mick ? Mick est mort ?

– Non. Mon père. Mon père est mort. »

Et quand on s'habille par-dessus son corps et que ce corps-là est orphelin alors il pèse des tonnes et ses vêtements paraissent trop petits et trop lourds à la fois.

« Où tu vas à cette heure-ci ?

– À Dartford. Où veux-tu que j'aille ?

– Il ne se passera rien d'ici demain matin, Keith. »

Non.

C'est vrai.

Il ne se passera plus jamais rien d'ailleurs.

On va tous attendre le matin où l'on meurt. On va cesser de se déplacer pour voir les autres mourir. Et on va rester au lit. C'est ça.

Je mange tout le temps et je me lave plus. Paraît qu'Elvis a commencé à finir comme ça. Sauf que je mettrai jamais des costards blancs à paillettes dans lesquels il faut rentrer avec un chausse-pied.

Je me lave pas depuis plein de jours. Je pue sûrement. J'ai une saloperie d'angine, j'ai plus d'odorat et une sorte de goût métallique dans la bouche. Le docteur veut que j'arrête les œufs ; il m'a dit que j'avais du cholestérol. Je lui ai répondu que je prenais de l'héroïne depuis quarante ans, je vois pas pourquoi j'arrêterais les œufs. « Parce que vous allez mourir », il a dit. Et là, je suis sorti sans un mot. Dans la cage d'escalier, je me suis assis et j'ai chialé comme un môme. Depuis plus de douches, plus de guitare, je ne fais que manger.

Hier :

Beurre.

Pain.

Œufs au bacon.

Crackers.

Cornichons.

Glace au bubble-gum infecte. J'en reprends quand même.

Jus.

Pastilles pour la toux.

Poulet froid.

Je commande chinois (un 13, deux 16 et un 24 sans sauce). Je vomis. C'est l'angine.

Abricots. Trois.

Pain d'épice.

Je veux pas retourner en Suisse, je ne veux pas traiter mon sang. J'en peux plus d'être cette sorte de vampire. Ça sent l'hôpital là-bas. J'aime autant crever. Je n'irai plus en Suisse où Tara est mort.

Mon père, lui, a fichu le camp juste avant d'arriver à la maison. Dans la rue. Il rentrait du pub. Même pas ivre. S'il n'avait pas été boiteux, il aurait peut-être fini dans son lit. Il était vraiment à deux pas. J'ai dû retourner à Dartford.

Et moi j'ai vraiment reconnu Dartford. D'abord je ne sortais pas de boîte, et j'y avais vraiment vécu. On reconnaît mieux quand on n'est pas venu depuis très longtemps mais il faut quand même être venu. J'ai souri aux arbres. J'étais heureux de me retrouver là-bas.

Je suis passé devant le bout de jardin des voisins. Je n'ai pas cherché mon trésor. Je ne sais pas si maman cherche encore son peigne quelque part. Je n'ai pas appris à lire les notes. Peut-être que celles d'Augustus étaient magiques. Peut-être était-ce la chanson qu'il m'aurait fallu ? Et le bateau en papier... J'en avais pris des bateaux, oui. Qui ne m'avaient jamais emmené bien loin en réalité. C'est juste que ce jour-là je ne ressentais pas le courage de sortir quelque chose de terre. Ce jour où on transformait mon père en cendres au crématorium de la ville voisine, ce jour-là, j'ai laissé mourir avec lui mon trésor d'enfance. Et la fille arc-en-ciel, je l'ai mise dans une chanson.

C'est elle que je fredonne pour ne pas pleurnicher dans la voiture qui me ramène à Londres. J'ai mon père sur les genoux dans une boîte en carton. Je dois acheter une urne. On est dimanche. Je croise une fille ivre, qui semble chercher quelque chose. Ses longs cheveux blonds me rappellent Anita et elle a quelque chose de moi, oui c'est étrange, quelque chose de moi sur le visage.

Je rentre. Ma femme m'a fait préparer un dîner. Elle grille des cigarettes. Elle me regarde sans un mot. Alors je n'en dis pas. Je pense à mon papa, je pense à mon trésor, je pense à mon bac à sable, au cholestérol et à mon vieux sang. Mon docteur est mort aussi. Dix jours plus tard. Tout pourrit. Et moi, moi je me suis fait couler un bain moussant. Le garçon qui partage ma vie me susurre que je lui manque et je réponds un « moi aussi » automatique. Personne ne me manque sauf la fille que j'étais, que je ne retrouve plus en moi. Je veux être naïve. Je veux que l'on puisse me blesser. Pas être une carlingue de femme anesthésiée, un être qui survit. Je n'ai plus rien à ne pas perdre. Rien de précieux sauf la vie de mes enfants et l'amour tranché qui les a fait naître me retire leur compagnie de temps en temps. J'essaie de ne pas m'accrocher à eux, de les laisser exister loin de moi, pour eux-mêmes. Je leur fais gagner du temps. Il faut qu'ils apprennent à aimer le temps qui passe quand ils sont seuls.

« On va pas mettre des putains de danseuses. On n'est pas ça, Mick. On va pas foutre des tenues à paillettes et des putains de danseuses. Si ces connasses montent, je ne joue pas, tu m'entends ?

– Et les éléphants alors, pourquoi t'as refusé les éléphants ? Ç'aurait eu de la gueule !

– Des éléphants ? Avec des blousons en cuir, Mick ? On fait du rock pas du cirque !

– C'est un stade, c'est pas tes clubs d'enculés londoniens. Un putain de stade. Il faut un show.

– J'imagine que tu n'as pas vraiment besoin d'un mec qui joue de la guitare non plus.

– Pourquoi tu fais chier, Keith ? Pourquoi tu fais chier avec des détails ? T'as le trac ?

– De quoi exactement, Mick ? De ne plus prendre de plaisir à jouer avec toi ?

– T'as le trac de te faire voler la vedette ? C'est moi la vedette de toute façon, Keith. Les gens viennent me voir moi. Je suis Mozart, tu es l'autre... Je me souviens même plus de son nom.

– Salieri. Moi je me souviens des noms, et on

se souviendra des chansons que j'ai composées. Toi tu n'es qu'un pantin. Un génie publicitaire en moule-bite. Qu'est-ce qui fait de toi un artiste ? Tes yeux pleins de mascara, Mick ? Tu peux chanter du blues ? »

On a adoré se mettre sur la gueule. Ça nous a fait un bien fou. Il était sec ce con. Poing qui fait mal, mais je lui ai démonté sa petite gueule maquillée. Comme ça a changé depuis la scène du Crawdaddy, j'avais le mur dans la gueule, et là je vois rarement jusqu'au bout des stades. Ma vue décline, pas notre succès. On a joué avec du retard mais les danseuses sont restées picoler du champagne dans les loges. Moi vivant, les Rolling Stones ne deviendront pas des vieilles folles sur la scène du Lido. Et j'ai pensé à mon père qu'on avait brûlé la veille et qui m'aurait donné raison, pour une fois.

Je suis tout petit, petit. Papi Augustus a mis un disque de violon. Il me dit que c'est un juif qui joue ça. Il me dit que la guerre c'est pour sauver les morceaux de violon du feu. Je ne sais pas ce que c'est qu'un juif mais je comprends déjà que je ne veux pas voir mourir les violons. J'ai toujours nourri une haine particulière pour Hitler parce que je l'imaginais danser sur une musique silencieuse autour d'un bûcher plein de stradivarius.

Papa l'interrompt. Il lui gueule dessus. C'est à cause des violons qu'il est blessé peut-être ? C'est pour sauver le pays. Pour qu'on se mette pas à parler leur langue d'enfoirés. C'est pour être libres. Papa ne voit pas le rapport entre les violons et la liberté. C'est moi qui ne parle pas la même langue que lui. Je le comprends à cet instant. Je parle la langue de papi Augustus. Je ne me demande pas pourquoi des soldats en uniforme vont risquer leurs vies pour des violons. C'est la musique des douleurs qui me touchera tout au long de ma vie. Le blues d'abord. La musique des

Noirs américains, opprimés. Le reggae, celle des esclaves de notre siècle. Avant de monter sur scène, je joue souvent du reggae pour me chauffer entre deux parties de billard perdues avec Ronnie.

Notre rock aura cette force de contenir un cri, une urgence qui le différencie du reste du paysage. Et la drogue viendra entretenir cette douleur que j'ai en moi, l'hypertrophier. Je me suis charcuté pour créer. Je me suis mis en danger pour créer mieux. À quoi bon ? Et à quoi bon le bonheur ? Il n'y a que les émotions immédiates et l'envie d'en laisser derrière qui me motivent.

Et les jeunes groupes se sont rebellés sur nos rythmes, sur mes guitares. On a joué la liberté. C'est le rock, c'est nos riffs qui ont cassé le mur de Berlin. Tu te souviens du concert pour la mémoire de Brian ? Une sorte de service funèbre à Hyde Park. Il y avait une foule immense. Parce que ce mec avait eu une crise d'asthme dans sa piscine. Ou qu'on ne l'avait pas laissé remonter. Ça ne m'aurait pas étonné. Ce type aurait pu pousser n'importe qui au meurtre.

Hé !

Tu dors ?

Dis, tu dors ?

Tu n'as pas sommeil ? Toujours pas. Je sais, les souvenirs reviennent dans le désordre. Ça fait des nuits que je ne dors plus et que j'ai accepté ce sommeil qui ne vient pas. Je me sens fort d'heures que les autres n'auront pas. Fort d'un bruit nu qui me pèse et m'effraie. Il y a dans mes nuits creuses un sentiment d'immortalité. La foule d'un concert peut donner cette sensation. La foule d'un concert = le vide d'une nuit.

Je suis à égalité avec l'homme que je n'aime plus et qui me laisse seule ce soir tandis qu'on crie son nom. Je suis aussi seule que lui. Dans mon silence et lui dans les cris. Nous sommes ensemble. Mais il ne le sait pas, il ne le comprend pas. On s'éloigne. On s'échappe. Et je suis Keith, je suis Keith. Je suis seul. Je suis un simple morceau de chair, au milieu de ces autres bouts de peau qui se frôlent, qui transpirent, qui s'en veulent. Alors je tue le silence. Alors je joue encore. Mes doigts sont accrochés aux cordes de ma guitare comme des pantins en prison. Je gratte. Je souffre de ne plus échapper aux solos qui s'entraînent en cascade comme une larme en fait sortir une autre, comme un mot se transforme en phrase. Je joue, je joue, la guitare est devenue mon silence. Comme c'est pesant leurs chambres qui ne résonnent pas de cris et de bruits de voitures. Télécommandées. Il y a des jours sans eux. Ils ont quatre ans et deux ans. Déjà je dois séparer mon destin du leur. Je suis punie de ne pas avoir accepté ma condition de femme qu'on n'aime plus, ou mal. Ce soir j'ai voulu les garder. Je n'aurais pas supporté leurs chambres vides. On rentre du tribunal. On a couché les enfants tous les deux. Gaspard s'est assuré que son père ne restait pas dormir là, que les choses étaient telles qu'on les lui avait expliquées.

J'ai fait des pâtes comme avant. On regarde vaguement la télé. Il hésite à manger devant un peu plié au-dessus de la table basse, ou à s'asseoir dans la salle à manger pour un vrai dîner. Ça fait sourire la dame indienne qui travaille à la maison. Rien n'a changé. Rien sauf qu'on n'est plus mari et femme, plus amoureux. Que les choses ont glissé vers une amitié moite et jalouse que je n'aime pas pour l'instant. J'ai fait rire tout le monde devant la salle d'audience. Je n'ai pas arrêté d'enchaîner un bon mot sur un autre, tout sauf les larmes. Là je continue, je suis essoufflée, épuisée. Ce sont les dernières foulées d'un coureur de fond qui a passé la ligne d'arrivée mais doit ralentir le pas doucement.

Il m'en est reconnaissant. Il est perdu dans son grand manteau. Jamais plus je ne pourrai l'aimer, je ne sais pas réparer les choses. Mais il est une part de moi et deux êtres incarnent ce que nous avons cru être.

Interview aux Caraïbes, presse française.

Journaliste. Alors, vous jouez un pirate ?

Keith Richards. Non, je suis un pirate. Et vous, vous jouez au journaliste ?

Journaliste. Non, je suis journaliste. Et vous êtes un acteur qui joue un pirate.

K.R. Non, je suis pirate. C'est la différence entre un bon et un mauvais acteur. C'est De Niro qui me l'a dit. Vous le connaissez ?

Journaliste. Non.

K.R. C'est la différence entre un pirate et un mec qui porte des frocs en velours. C'est autorisé ça, aux Caraïbes ? Vous devez crever de chaud, non ?

Journaliste. Ils ont perdu ma valise. Je peux me mettre en slip si vous voulez.

K.R. C'est Mick le Rolling Stones bisexuel. Moi je suis le drogué qui s'est fait assommer par une noix de coco. Vous avez égaré vos notes aussi ?

Journaliste. Vous voulez que je fasse un papier pour dire « il est peut-être vieux mais quel sens de l'humour », c'est ça ?

K.R. Si vous ne pouviez parler que de l'humour et pas de mon âge, je veux bien vous prêter un maillot de bain...

New York est pluvieuse et brune. Je ne suis pas venue depuis longtemps. Tout me paraît sale. Comme si on voyait plus qu'ailleurs que tout retournait à la poussière. Et la vie de New York semble construite sur cette nouvelle énergie mortuaire, cyclique. Petites baskets avant d'enfiler de jolis talons au bureau, jolis pieds démangés par la mort dessous.

Je suis là avec un homme. Que j'aime à plusieurs reprises dans la journée. Qui m'indiffère aussi. J'ai le cœur en berne. Je lui en veux de ne pas tout guérir en un instant comme un pansement de chair. Je lui en veux d'être un homme comme lui. Je lui en veux de lui ressembler trop. Je lui en veux de ne pas être lui, de m'aimer plus que lui. Je lui en veux mais je m'agrippe à son corps, comme à un canot de sauvetage, sur lequel il faut grimper, coûte que coûte, même si une vague plus violente encore arrive au loin. Même si je la vois.

Il pleut de chaud. Le ciel est en transpiration. J'ai rendez-vous chez un agent. Je sors un livre ici.

Je me suis coupé les cheveux à la garçonne, comme toutes les femmes qui divorcent, je ne peux même pas les attacher. Je ressemble à un vieil oiseau. Je croise mon image dans les boutiques bondées de Broadway. Il est tôt dans la nuit. Mon appartement est vide de gens. Au mur, il y a les photos d'art que je viens de recevoir. Elles ne me procurent pas d'émotions mais on m'a dit qu'il fallait que j'aie cet artiste chez moi. Je l'ai. J'ai le bon décorateur pour rock star friquée. J'ai toujours la femme avec les seins qui font envie. Les pompes branchées qui n'ont pas l'air de me faire mal aux pieds, à moi, juste à moi.

Je suis parti plus tôt d'un dîner. On m'en excuse. On dit que je suis défoncé. On dit que je suis un artiste. On ne dit rien. Je suis un Rolling Stones. Je pars quand je veux des dîners. Si je vomis dans l'assiette, on me remercie de créer l'événement. Je pourrais pisser sur la maîtresse de maison, ça ferait bander le mari. Je suis un Rolling Stones. Je suis parti plus tôt parce que je voulais être seul. J'avais envie de moi. De cette part de moi que je comprends encore. J'ai relevé mon col et renvoyé le chauffeur. Il faisait froid dans la rue. Une chose dans ce que je suis voulait fuir pour longtemps. Oui, je suis un Rolling Stones.

J'étais juste un type qui aimait le blues. Et me voilà...

« Bonsoir, monsieur Richards.

– Bonsoir, monsieur le portier. Vous avez un prénom ?

– Brian, monsieur.

– J'ai bien connu un Brian, vous savez.

– Je sais, monsieur.

– Ne laissez personne me déranger, Brian. »

Dans ma grande salle de bain dans le bois qu'il faut, avec la grande baignoire des grands catalogues de décoration, je me déshabille. Et dans le grand miroir, je me regarde.

J'ai bientôt trente ans. Ce soir, j'ai mes règles. Je prends le risque que du sang me coule entre les cuisses. Je suis Keith Richards. J'ai dépucelé des filles. Je connais la chaleur du sang entre les cuisses. Je pense que j'ai une grande queue. J'ai une gueule à avoir une grande queue fatiguée.

Je me déshabille sans lâcher mon regard dans le miroir. Mes pompes. Mes chaussettes que je balance. Je fais tomber le pantalon de cuir noir. J'ai transpiré dedans, mon caleçon colle un peu, il est par terre, puis la chemise que j'ai déboutonnée doucement. Le marcel. Le bandeau de pirate dans mes cheveux.

Je suis nu face au miroir du salon.

J'ai la gueule de Keith Richards qui a la gueule de son père. Toutes ces foutues drogues et ces baisers de femmes pour avoir la gueule de contremaître de mon père. Sa tête fondue. Sa tête en cire qui coule. Manque plus que les rouflaquettes mais j'ai ses jambes arquées. J'ai la courbe de son ventre sans la graisse. Je me suis creusé là où il s'est arrondi. Sans doute aidé par l'héroïne. J'ai les artistes qu'il faut au mur mais je suis un Teddy

Boy, personne n'y changera rien. J'ai beau avoir eu une belle gueule, composer beaucoup de nos chansons, inventer des choses, je suis l'éternel second.

Tu sais, papa, le père de Mick il lui prêtait sa voiture pour qu'on aille jouer dans des clubs. C'était la frime. Pour moi, une voiture c'était le luxe. Ce que je trouvais beau surtout, c'est que le père de Mick pensait que son fils était une star. Pas qu'il allait le devenir mais qu'il l'était et, sûrement, ça a fait de lui ce qu'il est.

J'ai le poing prêt à taper et toujours cette envie de tes bras. Si ton cadavre n'avait pas brûlé, je l'aurais déterré et j'aurais desserré tes bras raides pour les mettre autour de moi, et j'aurais attendu de mourir pour te rejoindre. Pour me mélanger à toi. L'odeur du bac à sable de Dartford.

« Bats-toi comme un homme, Keith ! » Oui, je me bats avec ce que j'ai. Avec ce que tu m'as donné ce jour-là. Pas être aimé, jamais protégé. L'envie de me soustraire au monde et de me venger.

Papa tient dans une boîte posée sur la cheminée. C'est une sorte d'urne design. Bert cramé et moulu à quatre-vingt-deux ans. Bert Richards qui m'a tant fait chier est dans une boîte.

Je la saisis, je dois faire sauter un cachet de cire pour l'ouvrir. L'odeur est étrange. On dirait des pattes de poulet grillées. Ça me file la gerbe. J'ai fait deux belles lignes de coke. Blanches comme la lumière au bout des tunnels. Deux impostures.

Deux bouts d'espoir qui changent ma vie, un instant. Qui me donnent le sentiment d'être fort, de comprendre, qui me donnent déjà un sentiment. Le reste du temps je survis. J'essaie de supporter la douleur. Je ne sais plus si elle a précédé la drogue ou si elle est venue s'installer petit à petit dans les moments où je suis net. J'ai fait sauter le couvercle. Mon père est en tas. Ce n'est pas fluide des cendres. Ce n'est pas joli. Ce n'est pas gris. C'est un noir poisseux avec des sortes de boules assez collantes, des grumeaux de peau mal consumée.

Je me regarde encore. J'ai de longues jambes et des genoux cagneux. J'ai autant de rides que de veines et de déveines. Autant de rides que de gens qui ont crié mon nom. Je suis un parchemin. Un livre ouvert. Mes battements de paupières sont des aiguilles usées. Le temps n'a plus de prise sur moi. Je l'ai semé il y a bien longtemps.

Il me reste la vie. Il me reste maintenant. Tout le reste de maintenant et son contraire. Il ne me reste rien. Je n'ai donc plus peur. Je peux planter mes yeux dans les miens dans ce miroir. Réfléchir, c'est bien renvoyer une image. Qu'est-ce que je vois de moi ? La suite de mon père. Et de son père avant lui. Un chaînon. Un chemin. Comme on va d'une note à l'autre et que les émotions nous surprennent, nous submergent quand on s'y attend le moins. J'ai besoin de me quitter. De faire cesser les rires qui n'ont jamais cessé de rire.

Je mélange les cendres noires aux lignes

blanches et je les inhale d'un coup. Ça pique tout de suite. Il y a du sang dans ma poudre et dans les cendres de mon père. Je ne sais pas si je nais ou si je m'éteins. Je ne sais pas si mon sang mêlé à sa fin nous réconcilie. Je ne sais toujours pas qui je suis. Mais je retrouve mes mains, en un instant. Les mains de Wendy s'en sont allées. Je m'apaise, j'essuie mon nez sanglant d'un revers de manche et je m'allonge sur mon grand canapé le temps d'un voyage.

Je remonte les draps sur Keith. Il s'est endormi. On dirait un vieux nourrisson. Keith. Keith. Keith Richards. Un baiser sur le front.

Le taxi jaune remonte Mercer Street, je rejoins mon hôtel sur Thompson. New York dit adieu à la femme que j'étais. Le vent d'avril est doux. La chanteuse me parle à la radio. Sa voix pétille et je souris.

One, two, three, four, five, six, nine or ten
Money can't buy you back the love that you had then
Oh, you're changing your heart
Oh, you know who you are...

Oui, je sais qui je suis, je suis ce visage étouffé de rides, criblé des chemins qu'il n'a pas choisis, des vies qu'il a prises dans le ventre. Oui, je suis cet homme comme je suis les femmes qu'il a aimées. Oui, je sens son chagrin et j'aime son sourire. Mille fois Mick m'a prise dans ses bras. Mais c'est Keith que je regardais par-dessus son épaule.

Keith penché sur sa guitare. Les Rolling Stones à fond dans ma voiture, la main d'un garçon qui remonte sur ma cuisse. Les Stones dans le salon, je cours derrière mon frère et ma sœur. Le disque saute un peu. Papa chante par-dessus. Les Stones sur la guitare de mon frère. Le poster des Stones dans ma chambre. La langue rose que je tire devant le miroir. *Angie* qui couvre mon chagrin. Pourquoi on se penche sur un être ? Pourquoi on tombe amoureux ? Comme ça... Pour toutes les raisons du monde, à cause de nos putains de cerveaux malades. Mais on tombe. On se relève parfois, les genoux écorchés. Keith ne m'a jamais fait mal. On a eu du chagrin tous les deux. Il m'a fait faire des choses que je n'aurais pas osées seule. J'ai peur d'abîmer mon corps, je verse la drogue dans les veines de Keith et j'en prends les effets. Sur le visage, j'ai celui de Keith Richards. Je ne suis pas amoureuse de Keith. Je suis Keith, comme on se regarde parfois de si près dans le miroir qu'on ne se reconnaît pas.

Du même auteur :

MA PLACE SUR LA PHOTO, Grasset, 2004.
CHICKEN STREET, Grasset, 2005.
LE VIEUX JUIF BLONDE, Grasset, 2006.
THALASSO, *L'avant-scène théâtre*, 2007.
MADELEINE, Stock, 2007.

Composition réalisée par NORD COMPO

Achevé d'imprimer en avril 2010 en Espagne par
LITOGRAFIA ROSÉS S.A.
08850 Gavá
Dépôt légal 1re publication : mai 2010
LIBRAIRIE GÉNÉRALE FRANÇAISE – 31, rue de Fleurus – 75278 Paris Cedex 06

31/2787/5